시간을 빌리는 사람

시간을 빌리는 사람

초판 1쇄 펴낸날 2025년 7월 18일

지은이   구자명 김의규 김저운 김 혁 배명희
         송 언 정의연 최서윤 한상준

펴낸이   최윤정
펴낸곳   도서출판 나무와숲 | 등록 2001-000095
주 소   서울특별시 송파구 올림픽로 336 910호
         (방이동, 대우유토피아빌딩)
전 화   02-3474-1114 | 팩스 02-3474-1113
e-mail   namuwasup@namuwasup.com

ⓒ 구자명 외 2025

ISBN   979-11-93950-15-9   03810

---

* 이 책의 무단 전재 및 복제를 금지하며, 글이나 이미지의
  전부 또는 일부를 이용하려면 반드시 저작권자와 도서출판
  나무와숲의 서면 허락을 받아야 합니다.
* 값은 뒤표지에 있습니다.
* 잘못 만들어진 책은 구입하신 서점에서 바꿔 드립니다.

**아홉 명의 작가가 꽃피운 '바람장미'
서른세 편의 짧은소설**

시간을 빌리는 사람

구자명 김의규 김저운 김 혁 배명희
송 언 정의연 최서윤 한상준

여는 글

/

바람장미의 노래

이 땅 위에는 늘 바람이 불어 오고 불어 갑니다. 하늘은 높고, 지구는 둥글면서 끊임없이 돌고 있기 때문입니다. 바람은 본디 아무런 모습이 없으면서도 천 갈래, 만 갈래 모습으로 다가옵니다. 때로는 부드럽고 감미로운 산들바람으로 잠든 만물을 일깨우기도 하고, 때로는 무시무시한 태풍으로 산하 대지를 사정없이 파괴하고 무너뜨리기도 합니다.

바람이 불지 않으면 자연의 질서는 제대로 돌아가지 않습니다. 우리가 사는 인간 세상도 마찬가지입니다. 좋든 싫든 이런저런 역사의 바람이 끊임없이 불어 오고 불어 갑니다. 어쩌면 자연계의 바람보다 역사의 바람이 훨씬 더 가혹하고 무서운지도 모르겠습니다. 그런 풍파에 부대끼며 우리는 자신만의 삶을 꽃피우며 살아갑니다. 모진 풍파라는 말도 그래서 생겨났을 것입니다.

기상 전문 용어 중에 '바람장미'라는 참신하고도 예쁜 용어가 있습니다. 한 지점을 중심으로 해서 바람의 크기와 방향을 크고 작은 선으로 표시하며 계속 그려 나가다 보면 나중에는 자연스럽게 한 송이 꽃 모양을 갖추게 되는데, 이를 바람장미라고 부른다고 합니다.

여기, 아홉 명의 작가가 그동안 꽃피운 바람장미를 또다시 선보입니다.

저희는 20여 년 전에 소설 동인을 결성하고, 꾸준히 동인지를 펴내 왔습니다. 저희가 이런 작업을 해온 이유는 아직 다 쓰지 못한 소설에 대한 애착과 미련이 많이 남은 때문이요, 독자들로부터 점차 멀어져 가는 소설 장르에 대한 아쉬움과 안타까움 때문이라 하겠습니다. 비록 커다란 성과나 반향을 일으키지는 못했지만, 그동안 나름대로 최선을 다해서 사랑했노라고 자부합니다.

이번 동인지에는 지금까지 고집해 온 단편소설에서 탈피하여, 시대의 바람과 변화에 발맞추는 의미에서 미니픽션 작품으로만 꾸며 보았습니다. 그동안 대부분의 동인이 미니픽션을 써왔기에 자연스럽게 작품집을 꾸밀 수 있었습니다. 특히 김저운 소설가께서 기꺼이 참여해 주셔서 더욱 빛나게 되었습니다. 감사드립니다.

연륜이 만만치 않은 작가들이 펼치는 '바람장미의 노래' 잔치에 독자 여러분을 초대합니다. 부디 많은 관심과 성원을 부탁드립니다. 끝으로 어려운 여건 속에서도 흔쾌히 책을 출판해 주신 나무와숲에 깊이 감사드립니다.

2025년 여름

차례

여는글 • 5

구자명
누가 그 사랑을 모르시나요 • 13
모자 • 19
봄은 온다 • 24
비루와 남루 사이 • 30

김의규
나 • 39
늙은 어린왕자 • 47
사랑농장 • 52
서로에게 그림자일 뿐 • 61

김저운
갈 수 없는 나라 • 69
엔의 그네 • 81
유민流民 • 91

김 혁
개는 언제부터 개가 되었나 • 105
아버지의 어긋난 해방 • 116
옛날의 금잔디 • 125
제라늄 여인 • 136
하트 오브 골드 Heart of Gold • 146

배명희
시간을 빌리는 사람 · 153
개새끼 · 162
아내의 바다 · 173

송 언
도대체 잘하는 게 뭐야? · 187
노란색 카트의 운명 · 196
시인의 아내 · 203

정의연
터럭 다리 · 217
고수 · 220
작별 연습 · 224
산속의 시인 · 225

최서윤
삼마치의 전설 · 241
노란 부표가 있던 풍경 · 248
첫사랑의 맛 · 253
침묵의 얼굴 · 258

한상준
'바다'를 품다 · 265
밤길, 눈길 · 277
설핏, 꽃처럼 피어났다 · 286

구자명

누가 그 사랑을 모르시나요
모자
봄은 온다
비루와 남루 사이

구자명

1997년 계간 《작가세계》를 통해 단편 〈뿔〉로 등단.
소설집 《건달》, 《날아라 선녀》.
연작장편 《건달바 지대평》, 짧은소설집 《진눈깨비》.
에세이집 《바늘구멍으로 걸어간 낙타》, 《기억과 망각 사이》.
한국가톨릭문학상, 한국소설문학상 수상.

누가 그 사랑을 모르시나요

　해풍이 불어오자 호시우 광장에는 금세 보랏빛 융단이 깔렸다. 아프리카의 벚꽃이라 불리는 자카란다 꽃송이들이 자욱하게 물결무늬 타일 바닥 위로 내려앉았다. 목질이 단단하고 문양이 좋아 고급 목재가 될 수도 있는 이 나무는 꽃이 피면 오래가고 아름다운 데다 향기롭기까지 해 여간해서 베어지는 일이 없다고 한다. 삼촌이 그랬다. 여자도 그런 부류가 있다고….

　삼촌은 벚꽃철이면 흩날리는 꽃잎들 사이에서 마치 무슨 이미지라도 잡아내려는 듯 눈을 가느다랗게 뜨고 허공을 바라보다가 혼자 알 수 없는 말을 중얼거리곤 했다. 숙이 나중에 대학에 가서 부전공으로 스페인어를 공부할 때 같은 언어군의 포르투갈어를 접하면서 삼촌의 중얼거림 속에 섞여 있던 낯선 말들이 무엇인지를 알게 되었다. 올라, 보니따, 찌 아무, 오브리가두, 차우…. 그녀의 부실한 기억 속에 살아남은, 이 몇몇 단어들이 결국 삼촌의 좌절한 사랑을 요약해서 말해 주는 것임을 알게 된 건 훨씬 나중의 일이었다. 그것은 아마도 초여름 햇빛이 아마포처럼 가슬가슬 감기는, 이 그윽한 고도에 여행을 오지 않았다면, 그래서 보랏빛 군무를 추는 자카란다를 보지 못했다면 영원히 믿기지 않았을 일일지도 몰랐다.

함께 온 후배 둘은 시내 관광 스케줄을 빽빽하게 짜서 아침 먹기 바쁘게 나가 돌아다니는 중이었다. 출장지인 포르투 시도 가슴이 저릿하도록 아름다웠으나 거기서 남은 사흘을 다 보내기엔 리스본이 워낙 속에 초발심의 대상이었다. 몇 년 전 〈리스본행 야간열차〉라는 영화를 보고 난 후 각인된 장면이 하나 있는데 그것이 아직도 현실인지를 확인하고 싶었기에 귀국 일정을 리스본발로 조정하고 출국한 터였다. 후배들은 그 이유를 듣고 아연해했다.

- 그러니까 선배는 여긴 약국에서도 아직 영화에서처럼 자유 흡연이 가능한지를 확인하려고, 우리 뱅기 값

차액까지 대줘 가며 온 거였어요? 그러잖았음 마드리드로 건너가 스페인도 좀 보고 갔겠구만은….

암튼 그것은 숙이 강하게 의식하고 있는 표면적인 이유긴 했다. 그녀는 후배들에게 궤변처럼 들릴지도 모를 그 이유의 타당성을 제시했다.

― 이봐, 자기들 언제 어디서, 또 어느 영화에서라도 그런 거 본 적 있어? 약사가 담배 피워 가며 약 파는 장면 말이야…. 그 모순적 자유로움, 그 데카당스한 휴머니즘이 남아 있는 데를 지금 동서 막론하고 지구촌 어디서 보겠어?

싱글맘 여성으로 자기 세계를 멋지게 개척해 나간 '장한' 모델의 하나로 조앤 롤링을 생각하며 글로벌 현상 '해리 포터'의 주요 배경지인 포르투에서 열린 여성학 컨퍼런스에 참석했던 후배들은 겉으로는 고개를 끄덕였으나 표정으로 보아 그리 동의하지 않는 듯했다.

아무려나, 숙은 리스본을 봐야 하는 진짜 이유인 삼촌의 사연으로 생각을 되돌리며 광장을 가로질러 민박집 주인이 소개한 파두 카페를 찾아 언덕으로 향했다. 저녁 아홉 시가 가까웠지만 이베리아반도의 태양은 여전히 제

도도한 빛을 쉽사리 거둘 기세가 아니었다. 구시가지의 '역사적 지구'라 불리는 알파마 지역에는 오래된 성당과 박물관들, 카페와 서민 주택들이 촘촘한 계단 길로 꼬불꼬불 이어지는 언덕배기에 빼곡히 들어서 있었다. 삼촌은 이 계단 길 중 어느 하나가 가닿는 지점, 대서양이 내려다보이는 어느 언덕에서 그 사랑을 만난 듯했다. 해양대학을 졸업한 후 몇 년간 그는 기관사로 외국계 수산회사 소속의 원양어선을 탔던 적이 있다. 영어도 제법 했고 기술이 좋아 곧 미국 해운회사로 소속을 옮길 참이었던 그가 정어리 조업을 나가는 마지막 항해 중에 들렀던 길이었다. 며칠 리스본에 정박하는 동안 혼자 시내 관광을 나왔던 그는 한 언덕 마을에서 어린 시절 포르투갈 선교수도회에서 나눠준 크리스마스 카드에서 보았던 천사를 꼭 닮은 여인을 만났다. 암갈색 머리에 청보랏빛 눈을 지닌 그 미인은 파두 가수였다. 그들의 달콤한 하룻밤은 긴 이별, 짧은 만남으로 수년간 이어졌고 삼촌은 그 세월 동안 어떤 혼담에도 응하지 않았다.

이상이 숙이 주변에서 그의 젊은 시절에 대해 들을 수 있었던 내용의 전부다. 아버지의 바로 아래 동생이었던 그는 결국 말년까지 독신의 삶을 고수했는데 마지막 몇 년은 형수인 숙 어머니의 돌봄을 받다가 갔다. 오랜 세월 바다를 떠돌며 얻은 위장병이 악화돼 환갑이 채 안 돼 훌훌 떠나 버린 삼촌이 숙은 이따금 그리웠다. 아니, 그립다기보다 궁금했다. 그만의 비밀로 남은 이국 여인과의 사랑. 올라, 보니따, 찌 아무, 오브리가두, 차우. 이 여섯 마디의 포르투갈어가 암시하듯, 그들의 사랑은 '안녕' 하고 만난 뒤 '아름다워요, 사랑해요' 하며 서로를 나누다가 '고마웠어요, 그러면 안녕' 하고 작별한 게 다였을까? 그 여섯 마디 사이의 행간에는 대체 어떤 사연이 숨어 있는 걸까? 숙은 오랫동안 궁금했었다.

카페 '바르꼬 네그로'는 언덕 맨 꼭대기에서 두세 집 아래 높이에 있었다. 파두의 전설 아말리아 로드리게스의 대표작 제목이기도 한 이것은 뜻 그대로 '검은 돛배'를 타고 떠난 연인에 대해 변치 않는 믿음과 사랑을 노래한 것이다. 카페 건물 회벽에는 이 동네 다른 건물들과 달리 그라피티 그림들 대신 남녀 노인들의 흑백 사진이 위아래로 몇 점 붙어 있었다. 그중에서 눈길을 끄는 검은 레이스 드레스 차림의 핸섬한 할머니 사진이 있어 유심히 들여다

보는데 뒤에서 누가 툭 쳤다. 민박집 주인 마리오였다. 기름한 눈매에서 어딘지 동양적 요소가 느껴지는 그가 짙은 눈썹을 꿈틀 치켜올리며 영어로 말을 건넸다.

– 맘에 들어요, 그 사진? 우리 엄마예요. 삼 년 전에 돌아가셨죠. 파두 가수였는데, 주로 이 카페에서 노래했어요. 노래만 부르며 살다가 어느 날 나를 낳았는데 우리 아버지가 누군지는 아무도 몰라요. 당시는 수많은 뱃사람이 정처 없이 드나들던 카페였으니까…. 혼자 살면서 나를 키웠죠, 이렇게 잘. 하하. 아, 저기 당신 파트너들이 오네요.

마리오는 층계 중간쯤에서 두리번거리며 만나기로 한 장소를 찾는 눈치인 후배들을 소리쳐 불렀다. 올라! 레이디스! 저녁 바람에 펄럭이는 그의 흰 셔츠 저 너머로 어디엔가 흩뿌려졌던 자카란다 꽃잎들이 회청색 바다를 배경으로 보랏빛 나비 떼처럼 날아올랐다.

모 자

　희부윰한 여명 속에서 그녀는 식은땀을 흘리며 잠을 깼다. 누운 채 머리맡의 스탠드를 켜자 정면 벽 위에서 인자한 눈길이 내려다보고 있다. 어머니! 왜 이러시는 거죠? 땀이 흥건한 이마와 달리 바싹 마른 입술을 혀로 적시며 그녀는 부르르 몸을 떨었다. 사진 속에서 소라색 한복 차림의 어머니는 언제나처럼 단아하고 자애롭다. 그런데 요 며칠 잠들기가 겁나게 잇달아 꿈에 나오는 어머니는 온통 흐트러진 매무새에 스산한 표정을 하고 딸에게 얼토당토않은 요구를 해왔다. 네 아버지 모자를 태워라, 하고 첫 꿈에서 말했을 때는 난데없이 무슨 소린가 싶었으나 곧 잊었다. 둘째 날 꿈에서 어머니는, 그 모자 그만 쓰고 태워버리라니까! 하고 좀 더 강경한 어조로 요구했다. 사흘 동안 세 번째로 꾼 간밤 꿈에서 어머니는 아예 머리를 산발한 채 이를 앙다물고 씹어뱉듯 꾸짖었다. 어리석구나, 업을 이으려 하다니! 그리고 처연한 눈빛으로 잠시 그녀를 응시하더니 허공 속으로 스며들 듯 사라졌다.

  당혹스럽다. 그토록 인자하던 어머니가 왜 자꾸 무서운 몰골로 꿈에 나타나 나를 몰아칠까? 불의의 홍수에 목련꽃 떨어지듯 절명한 이후로도 어머니는 딸의 꿈에 험한 모습으로 나타난 적이 없다. 이어 아버지마저 참담한 최후를 맞게 된 전후로도 꿈에 나타난 어머니는 늘 생시의 우아한 모습이어서 애절한 그리움만 키웠을 뿐이다. 망자의 평안도 평안이지만 그녀는 자기 내부에서 스멀스멀 번져 오르는 기분 나쁜 압박감 때문에라도 뭔가 해야 할 것 같았다. 불심이 깊었던 어머니를 생각하면 천도재라도 또 올려 보면 어떨까도 싶지만 요즘 그녀는 신부, 목사에 이어 승려라는 작자들이 거리에 몰려 나와 하는 짓거리가 하나같이 진저리 쳐지는 판이다. 떼 지어 술판이나 벌이고 다니는 주제에 누구더러 뭐라 그래, 흥! 옷이든 뭐든 벗어야 할 건 오히려 그자들이지, 내가 왜 모자를 벗어? 내 아버지 모자를 나 아닌 누가 제대로 쓰겠냐고!

삐링삐링~ 비서가 그날그날 스케줄에 맞춰 예약해 두는 모닝콜이 울렸다. 스피커폰에서 상냥하고 또록또록한 음성이 알린다. 총재님, 오늘은 새벽 운동이 30분 앞당겨 잡혔습니다. 곧 모시러 가겠습니다. 그래, 체력이 국력이야. 그녀는 머리를 흔들어 언짢은 생각들을 털어내며 침실 내 욕실로 향했다.

세수를 마친 후 타월로 얼굴을 닦으며 세면대 위의 거울을 보던 그녀는 흠칫 놀라며 머리 뒤를 더듬었다. 아버지가 쓰던 모자 둘레가 좀 커서 그것을 쓸 때면 늘 안쪽에 끼워 넣곤 하는 반원형 가죽 헤어밴드가 양쪽 관자놀이 뒤로 둘러져 있었다. 간밤에 이걸 붙인 채 잠자리에 들었단 말인가. 별일이군! 그녀는 오른손으로 헤어밴드를 휙 잡아당겼다. 그러나 웬일인지 그것은 벗겨지지 않았다. 양손에 힘을 주어 세게 잡아당겼으나 그것은 꼼짝하지 않고 제자리에 붙어 있었다. 마치 강력 접착제로 붙여 놓은 것 같았다. 이게 무슨 조화야, 대체? 그녀는 애써 눌러

두었던 수상쩍은 불안감이 걷잡을 수 없이 증폭되는 느낌에 당황하여 외쳤다. 나 비서! 나 비서! 그녀는 침실 밖으로 뛰쳐나갔다. 거실 저편에서 황급히 문을 열고 비서가 달려오며 대답했다. 네! 모자 여깄습니다! 어제저녁 연회장 가실 때 저한테 맡기셨습니다. 모자를 보는 순간 그녀는 울컥 반가움을 느끼며 안도감이 밀려왔다. 다시 손을 올려 머리를 더듬자 여전히 요지부동으로 달라붙은 헤어밴드가 확인되었지만 이젠 별로 두렵지 않았다. 오히려, 하늘의 소명을 받은 이들이 더러 체험한다는 신비 현상의 일종일 수도 있다는 은근한 자부심마저 일었다. 모자를 없애지 말라는 아버지의 메시지인 게야. 어머니, 딴 말씀 말아 주세요! 그녀의 입가에 자기 확신을 다지려는 다소 의도적인 미소가 떠올랐다.

벗겨지지 않는 헤어밴드 따윈 나중에 해결해도 되리라 여긴 그녀는 비서가 건네는 스포츠음료를 받아들고 씩씩한 걸음으로 체육실로 향했다. 엊그제 타계한 존경스러운 넬슨 만델라처럼 세상의 중심축에 오랫동안 머물려면 뭐니 뭐니 해도 신체 건강이 따라 줘야 했다. 창밖에는 미세먼지를 잔뜩 품은 겨울바람이 매웠지만 두터운 외벽에 둘러싸인 그녀의 실내는 따스하고 쾌적했다.

봄은 온다

"염병, 춘삼월 된 지가 한참이구먼 으째 이리 썰렁한 겨?"

곽 목수는 잔뜩 움츠려 팔짱을 낀 채 함바집 안으로 들어섰다. 말이 함바지, 그걸 꾸려 가던 사람이 떠난 지 일 년도 더 된 컨테이너 농막이다. 인근의 농업대학 연구소 공사가 끝난 후 방치돼 있는 것을 공사 동료들이 사랑방처럼 쓰고 있었다. 오늘 그 공사 때 십장을 맡았던 강씨가 한팀으로 일했던 여섯 사람에게 기별을 해왔다. 읍내 오일장에서 고등어 몇 손을 샀으니, 오랜만에 한잔 하자는 거였다. 강씨는 함바집 아낙이 버리고 간 업소용 고추장 깡통으로 만든 화로를 지피고 있었고, 그 맞은편에선 '데모도' 손씨가 생선을 신문지에 펼쳐놓고 소금을 뿌리다가 특유의 삐딱한 미소를 지었다.

"금일 장 괴기가 물이 좋은갑네. 간이 착착 배는 것 좀 봐유. 흐흐."

삼겹살을 그렇게 좋아하던 강씨였으나 지난해 심장에 무슨 시술인가를 받고 난 후로 육고기를 끊고 주로 생선을 안주 삼았다.

"어여 와. 춥제? 일루 와서 불 좀 쬐게나."

말을 제법 살갑게 하는데도 표정이 썩 밝지 않았다. 공사 때 현장소장과 강씨 사이에서 중재자를 자처했던 곽 목수가 뭔가 심상찮은 분위기를 감지하고 운을 뗐다.

"강 반장 무슨 일 있수? 으째 얼굴이 서리 맞은 고구마마냥 꺼실하구먼."

강씨는 희미한 미소를 지으며 제 옆에다 통나무 깔개 하나를 밀어 놓으며 자리를 권했다. 곽 목수는 시오 리 떨어진 다른 면에 사는 미장공 박씨와 도장공 양씨가 늦는 것은 이해됐으나 농막 바로 앞마을에 사는 조적공 김씨가 아직 오지 않는 게 의아했다. 나이는 곽 목수나 강 반장과 비슷한 연배로 나머지 세 사람보다 연장자였지만 늘 제일 앞서 와 있곤 했는데 별일이다 싶었다.

"김 형은?"

묻기 바쁘게 손씨가 뜨악한 표정으로 대꾸했다.

"안 오는 게 나아유, 그 영감. 반장님 속만 뒤집잖유."

이건 또 무슨 소리? 싶었으나 곽 목수는 강씨가 직접 입을 떼기를 기다렸다. 하지만 강씨는 비닐봉지에서 소주와 컵, 젓가락 따위를 꺼내 놓느라 부스럭대며 쉽사리 속을 털어놀 낌새가 아니다.

"뭐 그치들은 어차피 좀 늦을 테니 우리 먼저 시작헙시다. 괴기도 꿉고…."

손씨가 그새 적당히 달아오른 불판에 생선을 올리자, 짭짤 비릿한 냄새가 창고 수준으로 퇴락한 썰렁한 공간을 금세 여염집 부엌처럼 아늑하게 만들었다. 곽 목수는 침을 꼴깍 삼키며 서둘러 소주병 하나를 땄다.

"자, 뭔 일인지 몰라도 얼른 한잔 털어 넣고 얘기해 봅세. 괴기가 살집도 실하고 기름이 자르르한 게 제법 맛나 뵈네…. 동상이 질 내논 미스 홍 허벅지 같구먼. 흐흐."

고등어를 뒤집던 손씨가 대뜸 받아쳤다.

"뭐여? 그짝 손 솔찮케 탄 오산댁 궁둥짝 같진 않구유? 그 아줌씨가 여그 뒷정리도 옳게 못 하고 내뺀 게 성님네 형수가 들이닥친 담날 아녔남…."

시답잖은 농지거리 몇 마디 오가는 사이 낮술이 두어 순배 돌자 중늙은이 세 사내는 안색이 흑백에서 컬러 필름, 목소리는 돌비 사운드로 바뀌며 술판은 제대로 활기가 돌기 시작했다. 말을 아끼고 있던 강씨가 큼큼 헛기침하더니 버럭 내질렀다.

"그러게 왜들 그 누일 좀 내비두지 않고 자꾸 쑤석거렸어! 김가만 해도 그렇지, 지난달 오산댁이 지 여편네 점방 옆이다 실내포차 내겠다고 다시 왔을 때 얌전히 좀 있었시믄 동네 여자들이 그렇게까지 쌍심지 돋궈 반대했겠어? 읍내는 왜 델고 나가 오밤중까지 붙잡아 놓고 처마셔 대길 처마셔대! 막판에 멋도 모르고 불려 온 나를 알리바이 삼고 빠져나가니 우리 여편네는 내가 원흉인 줄 알지, 하! 그러고도 여태 미안타 소리 한번 없이 슬슬 피하기나 허고…."

그제야 사태의 전말을 대충 꿰게 된 곽 목수가 혀를 차며 강씨의 술잔을 채웠다. 김씨와 친한 박씨나 양씨도 필시 이 일로 인해 마음이 편치 않아 미적거리고 있거나 오지 않을 심산인 듯했다. 자신을 포함한 그 현장 팀은

근동에서 단합이 잘 되기로 호가 난 팀이 아니던가. 그들 여섯은 오랜 세월 쌓아 온 끈끈한 연대로 노조가 따로 필요 없는 결속력을 지녔기에 어떤 고용인도 얕보지 못했다. 십수 년 만에 아주 사소한 일로 그 결속이 깨질지도 모르겠단 위기감을 강 반장도 느꼈기에 오늘 회동을 소집한 게 아니겠는가. 곽 목수는 목소리를 한 톤 더 높여 내질렀다. 강씨의 성질을 익히 잘 아는 그이기에 이럴 때 어찌 나가야 할지를 오래 고민할 필요가 없었다.

"이런 시러베 자슥을 봤나! 그 따우 찌질한 짓거릴 하다니…. 내 그 자슥을 당장 찾아가 따져야겠네. 오산댁이 강 반장을 친오래비처럼 믿고 의지해 현장마다 따라댕기며 갖은 고생 마다않고 우리 밥을 해준 건데 얼마나 억울했겠나!"

그러면서 곧 뛰쳐나갈 기세로 벌떡 일어서는데 함바 문이 홱 열리며 꽃샘바람이 한 허리 성큼 쓸려 들어왔다. 박씨와 양씨에 이어 김씨가 쭈빗거리는 걸음으로 들어섰다. 그들 사이에서 백칠쟁이라 불리는 양씨가 허옇게 조백한 머리를 숙여 강씨에게 인사를 건넸다.

"반장님, 지들이 많이 늦었쥬. 이 성님 집에 들러 같이 오니라 그랬슈. 형수가 오해를 풀고 오산댁 가게 들오는 거 돕기로 혔다네유."

구부정히 서 있던 김씨가 마침내 결심한 듯 몸을 곤추세우며 강씨와 눈을 마주했다.

"그려. 내가 여편네를 설득했어. 그게 우덜한테 두루 좋은 일이라고. 읍내 안 나가 댕기고 동네에서들 마시면 아닌 말루다, 뭐 사고 날 일 있겠어?"

키가 큰 미장이 박씨가 소주병 하나를 집어 들더니 긴 팔을 휘둘러 술을 여기저기 뿌려 대며 선포했다.

"에잇, 우리 발목 잡던 겨울 귀신 다 나가그라. 훠이~ 훠이~ 시방부텀 봄이여, 봄!"

아랫말 매실밭을 가로질러 왔는지 박씨 점퍼에 붙어 온 매화 이파리들이 그가 움직일 적마다 휘날려 사내들 이마 위에, 술잔 속에, 고등어 위에 소금꽃처럼 피어났다.

비루와 남루 사이

 참 희한한 일이었다. 그토록 당당하고 동탕했던 R이 보름 사이 이렇게나 누추해질 수 있다는 것이. 그는 여전히 스마트한 리넨 재킷에다 명품 패션에 어두운 그녀마저 얼룩말 문양 때문에 알아보는 에르메스 넥타이를 매고 있었지만, 얼굴빛은 탁하고 어깨는 구부정했다. 보름 전 연구소로 숙을 찾아와 로비 카페에서 만났을 때만 해도 그의 표정은 밝았었다.
 "아 좀 급하게 메꿀 건이 생겼는데 괴로우니 묻지 말고 한 삼백만 빌려줄 수 있어? 사흘 안에 갚을게."
 이유를 말하고 싶지 않을 만큼 괴롭다면서도 그는 숙이 시켜 준 아이스 아메리카노를 한 모금 마시더니 "이거, 과테말라산이구먼. 신맛이 나고 스모키한 거 보니." 하며 씨익 웃었다. 대학 동아리 시절 그의 그런 낙천성은 후배들에게 묘한 흡인력으로 작용하여 딱히 유능한 것도 아니면서 내내 리더로 추대되곤 했었다. 졸업 후 대기업 기획실에서 일하다가 이태 전 구조조정 바람에 내몰린 듯 그만두고 나온 그는 일인 출판사를 차렸다. 자기계발서 계통의 베스트셀러 몇 권을 기획해 짭짤한 재미를 본 후로 정규 직원도 두어 명 고용해 출판인으로 제법 자리를 잡아 가는 걸로 동문들 사이에 알려졌다.

그날 숙은 '묻지 않고' 돈을 빌려주었다. 마침, 그 전날 만기 돼 찾아 놓은 예금이 있었는데 재투자를 며칠만 미루면 되잖겠나 싶었다. 그러고는 약속한 사흘이 두 번이나 지나도록 잊고 있다가 일주일째 되는 날 문득 생각이 나서 그에게 전화를 걸었다. "응, 지금 지방에 내려와 있어. 그게 받을 걸 못 받아 하루 이틀 더 걸리겠는데. 미안하지만 모레 서울 올라가자마자 입금해 줄게. 미안, 미안, 매우 미안." 이때도 그의 목소리는 아주 쾌청하고 구김살이 없었기에 숙은 그로부터 사흘이 더 지나는 동안에도 아무런 의심을 하지 않았다. 나흘째 되는 날 노총각인 남동생이 웬일로 최근 교제하는 여자가 있는데 누나에게 보이고 싶다는 용건의 전화를 해왔다. 아, 애가 드디어 장가를 가려는가 보구나. 결혼 준비를 도와야 텐데…. 숙은 그 순간 R에게 빌려준 돈을 어서 받아 목돈을 따로 챙겨둬야겠다는 생각이 들었다.

그는 오후 내내 휴대폰을 받지 않았다. 출판사 대표전화로 걸었더니 어느 직원인가 받아 사장이 외근 중인데 돌아오면 전할 테니 연락처를 남기라고 했다. 숙은 이름과 사무실 전화번호를 남겼고, 휴대폰으로는 문자를 넣었다. '선배님 왜 연락이 안 되죠? 빌려 간 거 빨리 좀 갚으셨음 해요.' 그러나 사무실 전화로도 휴대폰으로도 그는 연락하지 않았다. 퇴근 무렵 숙은 '어째서 답이 없지요? 무슨 사고라도 났나요?' 하고 염려 곁들인 문자를 다시 보냈다. 그제야 그에게서 짧은 문자 회답이 왔다. '별일 무. 내일은 꼭.'

하지만 그 내일에도 그는 아무 연락 없이 약속을 어겼고, 전화도 문자도 답하지 않은 채 또 사흘을 흘려보냈다. 계좌이체 영수증을 찾아 그가 돈을 빌려 간 게 이미 열닷새 전이라는 걸 확인한 날 아침, 숙은 사무실에 반차를 내고 그의 출판사를 찾아갔다. 여직원 한 명이 좀 이른 시간인데도 나와 있다가 사장은 출근이 대중없어서 언제 올지 모른다고 대답했다. 요즘 출판사에 무슨 일 있냐고 하자 "아뇨. 왜 그러시는데요? 어제도 누가 전화로 물으시던데…" 하며 고개를 갸웃거렸다. 숙은 맞은편 빌딩 일 층 카페에서 그가 올 때까지 기다리겠노라고 하고 사무실을 나와 길을 건너는데 기분이 묘했다. 짜증이 치밀어 올랐는데 그것이 상황을 이렇게까지 만든 R을 향해선지, 이악스러운 빚쟁이처럼 그의 길목에 진을 치려 하는 자신을 향한 것인지 알 수 없었다.

숙이 알기로 R의 두 아이는 유복한 처가의 지원을 받아 캐나다에 조기유학을 가 있었고, 그의 아내는 그 핑계로 밴쿠버에 동네 마실 가듯 들락거린다고 들었다. 아파트도 대기업 다닐 때 평수 넉넉한 걸로 장만해 두었고, 출판사 재정도 시작부터 연달아 히트작을 낸 덕분에 제법 든든하다고 알려진 터였다. 인터넷에서 살펴보면 현재도 그 출판사에서 낸 책 여러 권이 스테디셀러로 순항 중이었다. 사무실도 크진 않지만 그의 럭셔리한 취향에 맞게 하이엔드 인테리어로 꾸며져 있었다. 도박을 했나? 혹시 경마? 아님… 수상한 약에 손을 대서? 설마…. 차라리 자주 곁을 비우는 아내 모르게 딴 여자를 만나느라 뒷돈이 들어갈 수는 있을 것 같았다. 그렇다고 오래 알아 오긴 했지만 이런 식의 거래가 허물없을 만큼 친하다곤 할 수 없는 후배에게 돈을 꿔야 할 정도로 소모적인 외도를 할 위인은 아니라는 생각도 들었다. 괴로우니 묻지 말라며 싱겁게 웃던 그. 말 못 할 무슨 사연이 있는 거겠지…. 그냥 기다려 주자. 그 돈 없다고 당장 큰일 날 것도 아닌데….

숙은 카페 앞에서 발길을 돌렸다. 그때 은빛 벤츠 세단이 길 건너에 멈춰 섰고 조수석 쪽 문을 열고 나오는 덩치 큰 사내가 눈에 들어왔는데 R이었다. 운전석에는 웬 젊은 여자가 한 손은 핸들에 얹고 다른 한 손은 그를 향해 살랑살랑 흔들고 있었다. 여자였구나…! 숙은 곧바로 길을 건너 그에게로 갔다.

카페에 들어가서 얘기하자며 그녀를 이끄는 그의 어조는 영락없이 주눅든 채무자의 그것이었다. 그리고 그가 "내가 요새 좀 몰려 있는 사정이 있어서 그래. 며칠만, 딱 며칠만 더 봐주라, 응?" 하며 눈썹을 팔자로 찌푸린 채 웃어 보였을 때 그녀 자신은 비정한 사채업자가 된 것 같았다. 숙은 그의 비루에 치가 떨려 자리를 박차고 일어나고 싶은 걸 애써 누르며 따박따박 내뱉었다. "아니요. 지금 당장 갚으세요. 그러지 않음 나도 내가 무슨 일을 저지를지 몰라요." 그는 잠시 음울한 눈빛으로 그녀를 쏘아보다가 고개를 떨구었다. 숱이 엷어진 그의 머리 중앙에 비듬이 희끗희끗 앉아 있었다. 한없이 누추해져 버린 R의 모습을 보며 숙은 고작 이런 식으로밖에 대처하지 못하는 자신 또한 한없이 초라하게 느껴졌다. 카페가 모닝커피를 마시려는 사람들로 점점 북적이기 시작했다. 청록빛 인조 이파리가 풍성한 파초 화분이 빚 준 자와 빚진 자가 마주한 욕된 자리를 가려 주고 있었다. 그 짝퉁 식물의 그늘 속에서 숙은 멀미를 앓으며 속으로 외쳤다. 비루와 남루 사이… 우리 각자의 삶은 어디쯤입니까.

김의규

나
늙은 어린왕자
사랑농장
서로에게 그림자일 뿐

김의규

미국 샌프란시스코 Academy of Art University 졸업.
계원조형예술대학·성공회대학교 교수 역임.
현재 전업 화가로, 미니픽션 및 철학동화 작가로도 활동.
철학우화집 《양들의 낙원, 늑대 벌판 한가운데 있다》,
트윗픽션집 《그러니까 아프지 마》,
미니픽션집 《그녀의 꽃》(김의규·구자명 공저) 등.
2022년 제5회 윤동주 신인상으로 시인 등단.

나

 음식을 가장 많이 남기는 건 오직 사람뿐이다. 그래서 그걸 처리해 주느라 우리가 가는 것이다. 어쩌면 사람이란 우리의 변종일지도 모른다. 이제 출현한 지 10만 년밖에 안 된 인간과 3억 5천만 년 된 우리 사이에 그 무슨 일이 일어났는지 누가 감히 알겠는가? 해충이라고 누가 누구에게 하는 말인가?

 나는 이제 나를 단죄하려는 자와 마주보고 있다. 그것도 그들이 날 위해 만든 최고의 무엇인지 모를 것을 사이에 두고…. 그는 부드러운 눈길로 내가 그걸 받아들이길 바라고, 또 빨리 먹으라는 은근한 협박의 사나운 눈길을 보낸다. 내가 생각이란 걸 하며 머뭇거리자 그의 눈빛은 조바심으로 불탄다. 결정적인 판단을 앞두고 시간이란 스스로 빛을 잃는다. 기억하는 바로 그 사그라지는 시간의 빛에 연민이 생긴다면 두고두고 후회할 일밖에 남지 않는다. 죽음의 함정에 빠지지 않고 살아온 그 기억들이 모두 되살아났다. 한 걸음의 다음 걸음은 안전했다. 그러나 그것은 미끼였다. 마음놓고 내디딘 발걸음의 안전함 뒤에 모든 발걸음의 가속도와 무방비는 거의 죽음의 문턱이다. 나는 최소한 세 걸음, 또 다섯 걸음의 홀수 걸음을 신뢰했고 그 덕에 지금까지 살아 있는 것이다.

그러나 그런 긴장의 세월도 이제 막바지에 이르렀나 보다. 나는 맛있는 냄새 앞에서 내 철저하고 차가운 이성을 잠시 잃었다. 아니 후각이 잠깐 마비되었다. 이런 일은 살면서 단 한 번도 없었다. 혼란스러웠다. 생사에 대한 육감의 둔함에서 오는 자책감보다 단 한 번도 없었던 일이 이제 드디어 내게도 생겼다는 사실이 두려웠다. 어쩌면 이런 일이 앞으로 더 자주 일어날지 모른다는 무지와 무능함이 나를 숨막히게 한다. 그러나 내 앞에서 벌어지는 이 모든 일이 나 아닌 다른 내 동료들에겐 매우 흔하고 익숙한 사실일 뿐이라는 걸 바로 알고는 다소 위로가 되었다. 나보다 먼저 뜻밖의 일을 겪은 그들이 이제야 생각난다는 것이 다른 생각을 가져왔다. 그것은 기억의 파편성이었으며, 모든 진리와 진실 또한 그 파편적 소능素能을 매우 당연시한다는 것이다. 그 파편화된 조각들을 모아 하나의 퍼즐 놀이로 받아들여야만 하는 이 순간이 결코 즐거운 일은 아니다.

　하지만 나를 집요하게 따라다니며 구속했던 시간이 맥없이 떨어져 나가는 걸 알았을 때 나도 모르는 웃음이 내 입꼬리에 번졌을 것은 생각에 앞서 이미 아는 바가 되었다. 웃음이 채 가시기 전 눈앞에 또렷한 저것, 나 어릴 적 세상의 음식에 대한 맛을 막 익힐 그 무렵, 단침 군침을 돌게 한 그 고소한 냄새가 지금 작은 통에서 모락모락 난다. 그 냄새는 시간을 마구 뛰어넘어 명랑하다. 내 코끝은 이미 그 작은 통 주변을 맴돌며 바쁘다. 이 냄새는 시간을 물리쳐 아득한 과거로, 어쩌면 내가 태어나기 이전의 때까지로 나를 끌고 다닌다. 그렇다. 이것은 기억이란 이름의 향기였다. 나도 모르게 나는 코끝이 닿을 정도로 그 작은 통에 다가서고 있다. 작은 통을 열기란 매우 쉬워 보였다. 이때 소스라쳐 오는 불길함, 생명을 이만큼이나 유지시켜 준 까닭 모를 긴장이 온몸을 휘감았다. 그리고 작은 통 너머에서 소리 없이 번지는 어두운 미소. 나는 두어 걸음 뒤로 물러선다. 물러선 만큼 매혹적인 그 냄새가 내게 다가선다. 뒤로 서다 멈추니 냄새도 그 자리에서 멈춘다. 시간의 흐름을 타고 떠내려간 기억 한 조각이 깨진 유리 조각처럼 빛났다. 그것은 아슴한 밤에 초승달을 좇아 어둠 속을 헤치며 무턱대고 걸었던 기억이다. 달은 내가 다가간 만큼 물러섰고 내가 지쳐 멈추면 저도 따라 멈추어 무르춤한 얼굴로 나를 내려다보았다. 밤새 그를 만나려 따르다가 먼동이 트면서 달은 빠르게 달려 숨어 버렸다. 해가 기울 녘 지쳐 쓰러진 나를 슬그머니 찾아와 살피던 초승달. 그가 말했다. 왜 그렇게 자기를 좇아다니느냐고. 그를 만나기 위해 그런 것이라고 하자 그는 이미 우리는 만났는데 더 어떻게 만나느냐고 했다. 달님과의 만남은 그것으로 끝이었다. 때때로 반달, 보름달도 만나지만 처음에 만난 그 초승달은 아니었다. 그렇게 잊혀졌던 초승달과의 만남을 기억의 좁은 골목에서 오늘 또 만났는데 그것은 어릴 적 맡았던 고소한 냄새로 옷을 갈아입고 온 것이다.

그런데 다시 보는 반가움보다 낯섦과 두려움이 앞서는 까닭은 왜일까? 무엇일까? 아직도 고소한 냄새는 웅크린 채 몸을 어둠 속에 반쯤 걸치고 말없이 나를 노려보기만 한다. 그러고 보니 우연인 듯, 아니 우연을 가장한 채 반복되는 조우는 비단 초승달, 고소한 냄새뿐만이 아니었다. 어제의 일은 내일 또는 글피, 그글피에 다시 나타날 것이고 때마다 가면과 다른 옷을 입고 첫 만남인 양 할 것이다. 달보다도 몇백, 몇천 배나 멀리 있는 낯선 이름의 별과의 만남이 그러했고, 내 발밑에 매달린 어둠보다 짙은 푸른 그림자도 그러했다. 더는 못 기다려 주겠다는 듯 어둠의 가장자리가 술렁인다. 팽팽한 긴장의 줄다리기를 이제는 끝내야 될 때인 것 같다. 입을 열지 않고는 아무 말도 할 수 없다. 침묵도 그 효용성의 시작과 끝이 있기 마련이다. 침묵이란 결국 말과 말 사이의 길고 짧은 간격일 뿐 아니던가? 그러나 입이 열리질 않는다. 입 대신에 슬그머니 왼발이 먼저 나선다. 왼발이 먼저 움직였다는 것은 내가 그만큼 삼가고 조심한다는 증거이긴 하다. 하지만 왼발보다 입을 더욱 삼가고 조심했다는 사실을 깨달았다. 사실이 그러했다는 것이지 더 이상의 긴 해석은 현재의 긴박한 상황에선 허용되지 않는다. 왼발 오른발이 다가서는 대로 내 눈과 코, 내 몸은 그저 딸려 갈 따름이다. 모든 부정적 결과를 발에 걸고 그 책임을 묻자는 것이 아니라 생각과 구별, 판단을 제거한 본능을 믿어보자는 것이다. 이것은 모험이고 투자다.

  살며 만났던 모든 사실과 이름들이 기억의 통로에 들어서면 그 차별이 없어지고 그저 '것' 또는 '것들'이란 것이 되고 마는 표백의 골목, 그곳으로 내 왼발 오른발이 거침없이 들어서고 있다. 드디어 내가 가깝게 다가서서 확인한 그것은 놀랍게도 어쩐지 나와 매우 닮은 통이었다. 그 안에 들어가 눕거나 엎드리면 길이와 너비도 딱 들어맞을 것 같다. 뚜껑을 조심스럽게 열고 들여다보니 고소한 색깔인 노란 고형물이 튜브에서 짜낸 듯 부드럽게 놓여 있다. 고소한 냄새의 근원지였다. 그것은 냄새를 앞세워 시간을 거슬러 올라가며 기억이란 길 골목에까지 나를 데려갔다. 그 미명未明의 잿빛 골목에서 이름과 기능, 가치를 떨군 모든 것, 다만 '것' 또는 '것들'이란 것으로 충분한 순수 존재들을 만났다. 그리고 그 골목이 끝나는 시점이 바로 여기다. 여기서 나와 꼭 닮은 고소한 냄새가 나는 내 몸 크기의 닮은꼴 통 앞에 서 있는 것이다. 이름과 의미가 표백되어 그 차별이 없는 이 골목의 끝에서 고소한 냄새의 부드러운 고형물을 들여다보고 있다.

얼마의 밤낮이 지났는지 모른다. 다만 지금 이 순간은 몹시 허기진다. 위기, 안전, 불안, 긴장, 조심 등의 말들도 기억의 골목에서 이름과 의미를 잃은 망각이 되었다. 더 이상 그 말들에 붙들릴 필요가 없어졌다. 마치 시간도 판단의 극단에선 그 의미와 빛을 스스로 포기한 것처럼 나 또한 분별의 구속에서 자유로울 것이란 믿음이 생겼다. 나는 천천히 고소한 냄새의 노란 고형물을 먹기 시작했다. 아, 그것은 나를 공중에 부드럽게 뜨게 했다. 그리고 팔다리 가슴 배 머리의 순서로 망각의 대상이 되었다. 하늘이 보고 싶어 누웠다. 팔다리가 부르르 떨린다. 처음 느껴 보는 쾌감이 온몸에 번진다. 하늘의 빛깔도 점점 흐려져 가더니 그냥 뻥 뚫린 것이 되었다. 또 하나의 기억 또는 망각의 골목이 거기에 있는 것만 같았다.

내가 이 세상에 온 지 3억 5천만 년 전 식물의 화석이란 은행나무도 내가 있은 지 1억 년이나 뒤에 생긴 아기일 뿐이다. 그리고 나를 하늘의 골목으로 몰아 세우는 저 인간이란 것도 바로 엊그제인 10만 년 전에 온 생물일 뿐이다. 내 몸의 알주머니에는 40개의 새 생명이 곧 태어날 준비를 하고 있음을 저들은 모른다. 내 알주머니는 인간이 만든 맛난 독약도 견디는 내성을 내 지금의 기억과 동시에 갖춤을 인간들은 알량한 승리감에 도취해 아무것도 모르고 있다. 핵 폭발만 일어나도 다 죽고 마는 미물들. 바퀴가 늘 구르듯, 언제나 생명을 부활의 이름으로 바꿔 부르는 나.

늙은 어린왕자

담배가 없다. 빈 담뱃갑의 비닐 포장을 벗겨 종이갑만 재활용 종이 쓰레기통에 넣으려다 문득 귀찮고 하찮다는 생각이 들었다. 나의 습관적인 행동이 바람직한 사회적 미덕이라고 당연시했지만, 이것이 과연 얼마나 실효적 가치가 있는 것인가에 대해서 의문이 들었다. 쓰레기통 앞에서 엉거주춤 선 채 사회적 이상과 구호의 실체를 마주하여 이제야 처음으로 쩔쩔매는 지금의 내가 그 얼마나 우스꽝스러울까 하여 그 꼴을 거울에 비쳐 보고픈 생각이 들었다. 하지만 그 허접한 몰골은 굳이 거울을 통해 확인하지 않아도 이미 눈앞에 그려지기에 도리질을 치며 한 손에는 담뱃갑을, 또 한 손엔 비닐 포장을 쥔 채 멍청하게 서 있는 동안 지구는 초속 1669킬로미터로 자전을 하며 돌고 또 동시에 초속 29.8킬로미터로 공전을 하고 있다. 그리고 수억만 광년의 별빛은 내 눈으로 인내심을 가지고 달려오고 있는 중이다.

그런데 생텍쥐페리의 어린왕자는 그 별 뒤 B612호 소행성에 정말 있는 것일까? 그는 지금 몇 살쯤 되었을까? 늙은 어린왕자라니. 쓰레기통 앞에서 이런 멍청한 상태를 언제까지 유지하며 서 있어야만 하는 것인가? 간명한 말로써 지금의 상태를 규정짓고 돌아서서 다음 행동으로 옮겨야 하는데 그 말이 떠오르지 않는다. 어느새 혀는 내 의지와 달리 입속에서 망설이듯 굼뜬 움직임으로 된음과 경음이 뒤섞인 욕을 하고 있다. 그 욕의 대상이 나인지 남인지 모를, 그러나 비대상은 아닌 주어가 생략된 상태의 욕지거리다. 스스로 민망해진 탓에 혀 놀림을 중지했다. 혀는 입속에 갇혀 부자유라는 억지스러운 이성의 통제에 대해 몹시 불만이다. 그래서 대신 무엇인가 먹고 마시는 맛에만 더욱 익숙해진 것이겠다. 그럴지도 모른다. 이성의 끝은 본능일 뿐인지도 모른다. 내 생각을 들은 혀가 쯧쯧거리며 제 몸을 찬다. 하찮은 생각의 끝도 못 본 채 다음의 생각과 말과 행동이 이뤄진다면 그것은 그 얼마나

무책임하고 가증스러운 것인가? 그 미완의 때와 때 사이, 그 공허와 진부함을 모면하려 인류는 어쩌면 시계와 달력을 만들었는지 모른다.

　째깍거리는 시계의 초침 소리가 들린다. 이것은 고요의 증거다. 아, 그러고 보니 12월 31일 자정에 가깝다. 곧 날짜가 넘어가면서 이 해의 달력은 쓸모가 없어진다. 어쩌면 그에게 한 해 동안 수고했노라고 말해 주어야 하는 것 아닐까? 하지만 너무 친절한 상냥함이 어쩐지 위선인 것 같아 자정이 넘는 때에 하기로 했다. 미국에서는 자정이 넘는 때를 기해 스리 투 원 카운트다운을 외치며 바로 옆에 선 낯선 남녀가 부둥켜안고 키스를 한다지? 왜 그럴까? 만일 내가 그 자리에 있었다면 미리 점찍어 둔 가장 예쁜 여자 곁에 바짝 다가서서 붙박여 있을 것이다. 그래서 자정이 막 넘어서는 순간, '쾅쾅쾅' 소리와 함께 눈앞에 별이 보이며 나동그라지는 뭇 사내들. 그들도 모두 나와 같은 생각이다. 그들은 나를 째려본다. 내가 낯선 이방인이라서 그런 것이겠다. 아직도 가물가물 눈앞에서 반딧불처럼 깜박이는 별들, 그중에 어린왕자의 B612호

소행성은 어느 것일까? 엉거주춤 빈 담뱃갑을 들고 서 있는 내 머리 둘레에 별들이 반짝이며 돌고 있다. 아직은 이 해가 몇 분 정도 남아 있다. 해가 바뀌기 전 나는 진부한 이 생각을 끝내야만 한다. 정말로 별 볼 일 없는 생각을 마무리 짓지 못하고 다음 해로 넘긴다는 것은 견딜 수 없는 노릇이다.

하지만 늘 그랬기 때문에 이번만큼은 절대 안 그러리라고 위아래 어금니를 악물어 짓누르며 굳게 마음을 먹는다. '째깍째깍' 초침은 나를 아랑곳하지 않고 냉엄하고 인정머리 없는 집달리처럼 제 할 일만 한다. 그는 나의 한 해 채무를 무섭게 확인시키고는 시간 밖의 낯선 세계로 가난한 나를 쫓아낼 것이다. 그러면 거기에 빈 담뱃갑과 담뱃갑에서 벗긴 비닐 포장지를 든 무기력한 사내, 시간의 세계를 바라보며 무한의 공간을 실감할 것이다. 그리고 그것이 바로 지금 이 자리에서 영원하리란 시적 표현을 읊어 대며 내 그림자라도 보아 달랄지 모르겠으나 시간이 없는 곳에는 빛도 없으니 그림자가 있을 턱도 없겠다.

아직 자정이 되지 않았는데 어느 여가수의 노랫소리가 귀에서 재생된다. '시간은 자정 넘어 새벽으로 가는데…' 그 새벽 여가수에게 무슨 일이 있었던 것일까? 하는 사이 1.5초의 시간을 써버리고 말았다. 담담히 받아들여야만 한다, 해가 뒤바뀌는 이 단순한 산술적 흐름을. '부르르' 하는 소리가 내 눈길을 잡아챈다. 라면이 끓어 넘치고 있다. 이성의 끝은 본성이란 말도 내팽개치고 후다닥 달려가 가스레인지를 껐다. 책상엔 이미 소주잔이 놓여 있다. '툭' 소리를 내며 달력이 벽에서 뛰어내린다. 달력은 시계 초침 꼬리를 데리고 내가 잠시 서 있었던 시간 밖 세상에서 중간 회색의 빛깔로 서서 희미하게 웃는다.

사랑농장

 어느 날부터 시작된 녀석과의 수차례 싸움으로 내 몸은 이제 거의 불구가 되었다. 그나마도 주인이 와서 뜯어 말린 덕에 그 정도다. 마지막 싸움에 진 그때 나는 죽어야 했다. 내 어미가 보는 앞에서 아주 처참하게 죽으며 어미에게 마지막 싸늘한 웃음을 보여 주고, 그래서 내 어미의 기억에 새겨져 영원히 잊지 못하게 해주고 싶었다.

 늘 하던 대로 나는 긴 주둥이와 큰 입을 앞세우고 컹! 하고 짖으며 큰 몸과 굵은 앞발을 내세워 나보다 체구가 작은 그 녀석을 덮치며 공격을 했다. 하지만 나는 공중에 헛입질을 했고, 놈은 재빠르게 가슴 밑을 파고든 뒤 뒷다리의 관절을 물었다. 나는 몸을 옆으로 굴린 뒤 있는 힘을 다해 몸을 동그랗게 말아 녀석의 목덜미를 앞으로 당겨 한 입에 녀석의 치명적 숨통을 물려고 했지만 그것은 희망일 따름이었다. 뜻을 알아챈 녀석은 나보다 앞서 내 앞발의 무릎 관절을 뒷다리보다도 더 세게 악물었다. 이미 가죽을 뚫고 들어온 녀석의 송곳니가 뼈에 닿는 순간, 늘 이렇게 될 수밖에 없음에 내 자신이 원망스러울 뿐이었다. 왜냐하면 다른 개들과의 싸움에서 이 방식은 늘 통했기 때문이다. 놈의 싸움 기술을 알면서도 달리 다른 길이 없었다. 나도 녀석과 같이 머리를 낮추어 공격자세를 취한다면 덩치가 큰 게 오히려 불리한 약점이 되기 때문이다. 덩치가 크다는 것은 오히려 상대에게 노출 되는 급소가 더 확장되는 것이다. 결국 그 싸움에서 내 앞발은 무릎 위와 아래로 나눠질 지경까지 갔으나 다행히 절름발이가 되는 것으로 끝난 것은 때마침 들어온 주인 때문이었다. 그는 큰 나무가래를 우리 둘 사이에 끼워 넣음으로써 싸움을 손쉽게 끝냈다. 그는 매우 강력한 전기충격기도 가졌는데, 필요할 때 그것 한 방이면 소나 말도 기절시켜 쓰러뜨린다. 하물며 우리 개 따위야. 주인이 덜렁거리는 내 앞다리를 얼기설기 꿰매고 약을 먹인 때문에 비록 절뚝거리지만 나는 네 다리를 가진 개일 수 있었다. 하지만 덩치 값도 못 하는 병신이라며 늘 걷어찬다. 이럴 거면 죽게 내버려두지 왜 살려서 치욕스럽게 만드는 것인 줄은 나중에 알게 되었다. 어쨌든 주인에게 나는 네 다리가 온전히 붙어 있는 덩치 큰 개여야만 했다. 살아야 하는 것이 당장의 죽음을 능가한다. 하지만 어쩌면 나는 언제라도 죽임을 당하고 싶었는지 모른다. 사람에 의해서가 아니라 나를 병신으로 만든 바로 그 개한테.

모든 것이 풍요롭고 부드럽고 즐겁기만 하고 멋대로 때없이 울고 조르며 칭얼대던 분에 넘치는 시절이 내게도 있었다. 엄마의 젖은 많아 흘러넘쳤지만 그럼에도 형과 서로 젖을 더 차지하려고 다투던 그때. 그러나 넘침이 궁핍이 되고 결핍으로 변하는 데까지 걸린 시간이란 게 태어나 봄을 두 번 맞이한 여름의 뜨거운 햇빛 속에서 증발되었다. 아직 완전한 성견이 되기엔 조금 모자란 즈음 본래 대형견에 속한 우리 셰퍼드는 사랑농장에선 몸무게로 다뤄졌다. 형은 떠나기 전 많은 물과 음식을 먹어야 했고 저울에 달아 무게를 늘려 재어진 뒤 멀리 보내졌다. 그날 엄마는 소리 내어 울고 또 며칠을 소리 없이도 울었다.

농장의 수캐들은 농장에 머무는 시간이 길지 않았다.

주로 가을 겨울에 왔다가 이듬해 여름이면 다 어디론가 보내졌다. 그때 떠나는 개에게선 공통의 냄새가 난다. 그 냄새는 병든 개와 늙은 개에게서도 난다. 우리 농장의 개들은 주로 대형견이지만 주인의 집에 사는 개는 테리어 종류의 작은 개다. 가끔 안주인이 품에 안고 나타나는데 한입거리도 안 되는 것이 꽤나 까칠하게 군다. 그 쬐그만 인형 같은 개에게 온갖 리본을 달고 개 주제에 사람 옷을 입혀 놨으니 그 꼴이 가관이다. 하긴 제 놈이 입겠다고 해서 입은 건 아니겠지만 나 같으면 갑갑해서 옷을 다 물어뜯었을 것이다. 우리처럼 개다운 개의 눈을 즐겁게 해주려는 안주인의 예쁜 마음일까? 나도 강아지 때 그녀의 물렁한 가슴에 안겼던 기억이 있다. 그 작은 개가 가시 같은 이빨을 드러내며 앙칼지고 시끄럽게 짖어 대도 우리는 맞대지 않는다. 상대가 되지 않아 개무시를 한다는 뜻이다.

처음 그 누런 진돗개가 사랑농장에 들어왔을 때 놈은 작고 외톨이인 터라 으름장이나 놓으며 녀석을 크게 신경 쓰지 않았다. 언젠가 감히 내 밥그릇에 얼씬거려 놈의 코에서 턱까지 한 입에 물어뜯을 기세로 겁을 주었다. 그러자 놈은 슬금 눈치를 보다가 내 어미의 밥그릇께로

갔다. 그런데 놀랍게도 내 어미가 녀석을 거부하지 않았다. 불쌍해서였을까? 아무튼 나는 내 밥그릇만 철저하게 지켰다. 녀석은 내 어미와 언제부터인지 사이 좋게 밥도 나누어 먹는다. 그게 영 못마땅했다. 녀석도 어미도 다 마음에 안 들었다. 녀석의 냄새도 싫었다. 때때로 눈을 흘기고 으르대며 녀석에게 겁을 주었다. 또 놀라운 일이 일어났다. 내가 녀석에게 으르짖자 놈은 가만히 있는데 내 어미가 내게 으르댔다. 기가 막혔다. 자식인 내가 저 쪼그만 놈보다 못하단 걸까? 아니면 어미가 낳은 내 동생인 줄 아는 걸까? 더는 참을 수 없었다. 녀석은 이제 내 어미 곁에 붙어서 잔다. 누가 봐도 어미와 그 새끼인 것 같다. 그리고 옆의 나는 그놈의 아비인 줄 알 것이다. 녀석이 내 어미의 겨드랑이에 아예 코를 박고 잔다. 바람도 없는 여름의 햇살이 징그럽고 짜증이 난다. 파리들만 맹렬히 내 눈과 코로 날아든다. 몸을 벌떡 일으켜 세워 슬금슬금 녀석에게 다가갔다. 처음 우리 집에 왔을 때와는 달리 살이 제법 통통하게 올랐다. 순간 화가 치밀어 녀석의 목덜미를 겨냥해 '크왁' 하며 된 침을 흘리며 입을 크게 벌려 물려는 순간, 녀석이 번개처럼 머리를 빼돌리며 오히려 내

울대를 정확하게 물었다. 나는 소리를 낼 수가 없었고 숨도 쉴 수가 없었다. 그때 내 어미가 잠에서 깨어 '크르르르~' 하며 낮은 소리를 냈다. 그러자 놈은 물었던 입을 풀며 나를 놓아 주었다. 나는 그대로 풀썩 늘어진 채 겨우 숨을 돌렸다. 나는 크게 졌다. 자는 놈을 공격한 비겁한 놈이 되었다. 창피해서 견딜 수 없었다. 그때 어미가 정말 고마웠다.

치욕과 분노의 날들이었다. 올해 여름은 비도 적고 하늘은 먹구름으로 늘 찌뿌듯하게 흐려만 있었다. 습도가 높아 마치 찜통 속 같았다. 녀석에게 받은 치욕을 되갚아야만 했다. 내 어미는 그 일이 있은 뒤 내게 아예 눈길 한 번 주지 않는다. 못나고 비겁한 놈이라고 하는 것만 같았다. 녀석과 한판 붙을 기회만 엿보던 중 내가 낮잠을 자는 때에 녀석이 내 밥그릇을 넘보고 있었다. 물론 밥그릇엔 밥알 한 톨도 없다. 그러나 왜 내 밥그릇을 넘보는가? 더 생각할 이유도 없다. 나는 폭풍처럼 달려들어 덩치로 놈을 깔아뭉갰다. 그리고 놈을 물어뜯으려 했으나 놈이 보이질 않았다. 내 밑에 깔린 그놈이 또 내 뒷다리를 물고 관절 부위를 아드득 까재끼고 있었던 것이다. 나는 놀라 있는 힘을 다해 위로 치솟으며 녀석을 간신히 떼어 놓았다. 나는 뒷다리를 제대로 디디고 설 수 없었다. 녀석이 물어뜯은 곳에 설핏 흰 뼈가 보였다. 꽤 많은 피를 흘렸는데 녀석이 더는 공격하지 않았다.

가끔 내 앞에 우뚝 서서 흔들리지 않는 눈빛으로 나를 말없이 노려보기만 하는 녀석이 문득 두려워졌다. 녀석이 잘 때 공격을 했을 때나, 내가 자는 척하다 불시에 공격을 했을 때도 모두 내가 졌다. 서로 물고 뜯는 것이 아니라 녀석의 한 입에 나는 맥을 못 추었을 뿐이다. 녀석은 전문 싸움 개로 키워진 것도 군견이나 사냥개로 키워진 것도 아닌, 나보다 작은 진돗개일 뿐이다. 그런데 이놈을 내 어미가 자식처럼 여기는 것이 아니라 수놈으로 대하며 이놈도 내 어미를 암컷으로 여긴다는 것을 같이 지내며 알게 되었다. 그것을 옆의 암캐가 있는 개집에 새로 들어온 수캐를 보고 알았다. 이 농장은 이를테면 강아지를 만드는 공장이었다. 이름도 사랑농장이다. 강아지를 낳게 하고 그놈이 자라면 어디론가 파는 것이다. 나보다 먼저 태어난 형들도 그렇게 얼마나 팔려 나갔는지 알 수가 없다. 내가 아는 건 얼마 전 팔려 간 내 위의 형밖에 모른다.

엄마는 그걸 너무 잘 알고 있었다. 모든 게 이해가 되었다. 농장 주인은 개들에게 빨리 사랑하라고 재촉했다. 그런데 사랑이 누가 빨리 하란다고 되는 것인가? 인간들은 그러는가? 그들은 사랑엔 국경도 귀천도 없다고 한다. 인간들에게 '서로 사랑하시오'라고 말한 사람을 존경하고 신으로도 모신다고 했다. 내 어미는 오래 살아서 그 뜻을 아는 것일까? 내 몸의 반도 안 되고 나이도 엇비슷한 저 누런 개도 아는 것일까?

내가 아는 것은 기꺼이 죽고 싶다는 것이다. 죽음으로써 내 진실을 말하고 싶다. 다리가 나으면 나도 곧 어디론가 팔려 갈 것이다. 그러기 전에 죽어야 한다. 나의 눈은 빛나고 다리는 많이 좋아졌다. 조금만 더 있으면 다시 싸우기에 충분한 몸이 될 것이다. 그렇게 생각하니 정말 다리가 빨리 낫는 것 같았다. 밤마다 이빨을 탁탁 부딪치며 잔다. 그 운명의 날은 주인이 개밥을 주다 개집 문을 잠그는 걸 깜빡 잊은 날 이뤄졌다. 그 진돗개를 개집 밖으로 덩치로 밀쳐내고 본격적인 싸움을 걸었다. 내 어미가 깜짝 놀라며 어쩔 줄 모르고 짖어 대기만 했다. 그러나 순식간에 난 녀석에게 다친 다리를 또 물렸는데 이번에는 더 치명적이다. 녀석의 눈빛은 독이 올라 나를 아주 끝장낼 기세였다. 이상하게 놈에게 물린 자리가 아프지 않았다. 다만 더 싸울 뜻도 없었다. 놈이 물고 세차게 흔들어 대는 것이 장난처럼 느껴졌다. 그때 농장주가 달려와 싸움을 말려 난 또 살아남았고 병신개라는 소릴 들어야만 했다.

  어미는 너무 늙어서인지 강아지를 갖지 못했다. 농장 주인의 눈초리가 매워지더니 그해 늦여름 어미는 트럭에 태워져 어디론가 팔려 갔다. 어미는 떠나며 내게 단 한 번의 눈길도 주지 않았다. 다만 그 진돗개에게 잠깐 눈길을 주었을 따름이다. 진돗개가 정말 슬프게 울었다. 크게 울었다. 낮부터 울더니 밤에도 운다. 밥도 먹지 않고 울었다. 어쩐지 그 진돗개가 불쌍했다. 옆에서 울지 말라며 달래 주고도 싶었다. 농장 주인이 화를 내며 몽둥이와 전기충격기를 들고 왔다. 그가 사육장 문을 여는 순간 진돗개가 그의 손목을 물어뜯고는 농장 밖으로 뛰어 트럭이 사라진 쪽으로 바람처럼 달려갔다. 나도 농장 주인의 발목을 세차게 문 뒤 진돗개의 냄새를 좇아 절뚝거리며 뛰었다.

서로에게 그림자일 뿐

 최근 김 화백을 봤다는 사람은 없었다. 술자리라면 제일 먼저 와서 가장 늦게까지 있는 그가 벌써 석 달째 보이질 않자 술자리 친구들의 화제는 자연 그의 부재에 쏠렸다.
 혹자는 그가 장기 해외 스케치 여행을 갔을 것이라고 했으나 김 화백의 주머니 형편상 터무니없는 발상으로 결론 났고, 우울한 예술가의 비극적 정황을 점쳐 보는 이도 있었으나 지인들은 차라리 악담을 하라며 퉁을 주어 본전도 못 건졌다.
 아무튼 그 누구도 김 화백의 소식을 모르는 사이 석 달하고도 열흘, 그러니까 꼭 백 일이 지나서 김 화백에게서 전화가 왔다. 내용인즉, 자기가 작품의 한 주제에 빠져

골몰하느라 외부와의 연락을 일체 끊었다는 것이었고, 이제 그동안의 작품들을 보여 주려 하니 술 한 병씩 꿰차고 자기 작업실로 모두 오라는 것이었다.

반가운 소식이 아닐 수 없었다. 서구에서 말하는 소위 '오픈 스튜디오'인 것이다.

당연히 친구들은 서울 근교에 있는 그의 작업실에 주말을 이용하여 모였다. 작업실은 우리들을 위하여 대충 치웠으나 그동안의 치열했던 작업의 흔적이 역력했다. 한쪽 구석으로 밀쳐 놓은 몇 무더기의 붓 뭉치, 부러지고 짧게 닳은 콘테, 목탄 조각들, 각종 페인팅 나이프 그리고 자극적인 송진 냄새의 물감 용해제, 담배 냄새가 그의 체취인 양 가득했고 그것은 딱히 싫지 않은 이국적이고도 몽환적인 현기증을 나게 했다.

"이렇게들 와줘서 고마워. 오늘은 말이지, 작품 얘긴 않겠어. 그냥 봐. 그리고 각자들 충분히 보고 느끼고 그런 다음 할 말이 있으면 하고 없으면 말고…. 뭐, 그렇게 하자고."

정말 그의 그림은 바뀌어 있었다. 아니 바뀌어도 너무 바뀌어서 낯설고 기이했다. 그러나 작품의 세계나 등위를 떠나서 사실 이것은 축복이다. 사실주의와 대상성에 삼십 년 가까이 깊이 천착하던 그가 문득 추상과 비대상성으로 돌아서다니. 그의 사실주의적 정서와 표현력은 모두들 알아주던 터다. 그런 객관적 인정과 평가를 어느 순간 팽개치고 전혀 다른 조형 세계에 가 있는 그의 용기가 내심 부럽기도 했다. 그것은 예술가만의 진정한 특권임에 분명했다. 그 누가 그러함을 조장하거나 말릴 수 있겠는가? 삶은 그런 것을 용납하지 않을 뿐 아니라 오히려 그런 반동과 부정적인 자를 아주 싫어하기까지 한다는 것을 점잖은 사회 교육을 받은 이는 너무도 잘 안다.

모두들 가져온 술과 안주로 분위기가 제법 고조된 사이 김 화백은 그동안의 피로와 풀린 긴장으로 앉은 채 기울어져 잠이 들었다. 잠들기 전 그가 한 말에 의하면 이 작품들의 동기는 잘나가는 그의 친구 때문이었다고 했다.

최고 명문대 철학과를 나와서 모기업의 사위가 되었고 어찌어찌 대학교수가 된 그가 온갖 사변적이고 현학적인 학술 용어를 쓰며 진정한 예술가는 철학적 작품을 해야 하느니, 그렇지 못하면 예술을 빙자한 '딴따라'라며 만일 그런 철학적 작품이 있으면 천금을 주고라도 사겠다고 열변을 토했다는 것이었다. 그러니까 그 말은 자기에게 돈도 있고 안목도 있고 예술에 대한 애정도 있으나 자기 지적 수준에 맞는 작품이 없어서 작품 구입을 안 한다는 말이라는 것이다.

"자식, 누가 저더러 그림 사달랬나? 천한 놈, 돈이나 액자 해서 걸어놓으라지."

안 봐도 뻔했다. 욱하는 김 화백 성질로 보아 본때를 보여 주겠노라며 석 달 열흘 연락을 끊고 작업에 몰두했던 것이었다.

그의 작업실 벽면에는 가로 세로 1미터 크기의 정사각형 캔버스가 각기 다른 색으로 칠해져 열 점이 촘촘하게 걸려 있었다. 자세히 보면 정사각형 캔버스 안에는 또 거의 꽉 찬 크기의 또 하나의 사각형이 마치 '앙리 마티스'의 '고스트 라인'을 연상케 하는 지우고 새로 겹칠하여 그린 여러 겹의 선묘로써 그려져 있었고 색 또한 여러 색의 바림을 쓰면서 빛깔의 그림자로써 통일된 색상의 추구가 의지적으로 완성되어 있었다. 그렇게 빨강, 파랑, 노랑의 삼원색과 주황, 초록, 보라의 이차색, 그리고 무채색과

삼차색의 병렬은 순열과 조합의 무수한 공식을 거느린 도시국가의 성주들만 같았다.

다음날, 우연인 듯 또는 딱 맞춘 듯 모인 열 명의 친구들은 이 기회에 김 화백의 작품을 한 점씩 장만하자고 합의했다. 그래서 우리의 우정과 존경이 담긴 뜻을 김 화백에게 넌지시 전하자, 그는 난처한 표정을 지으며 조심스럽게 말했다.

"어어, 뜻은 고마운데 저건 열 점이 아니라 열 개가 모여 한 작품이 된 거야. 그러니까 어떻게 보면 되는가 하면 저 노란색과 보라색의 격한 갈등과 소란스러운 대립이 보이지? 그래서 우리 눈에 금방 띄는 건데 그걸 보색 대비라고도 해. 그리고 저 흰색과 검은색 사이에 끼인 회갈색 양옆의 색상과 명도의 차이가 보여? 저걸 연변 대비라고도 하는데 놈이 그 자리에 없으면 다른 자리에서는 아무 의미도 없어. 거기에는 연변, 색상, 명도 대비가 동시에 복합적으로 이뤄지고 있지. 에, 그러니까… 이걸 뭐부터 어떻게 말해야 되나?… 아무튼 우리네 사는 거와 다 비슷한 뭐 그런 건데 거짓말은 안 해, 간사하지도 않고…."

더듬듯 어눌하게 말하고 어물쩍 말을 마무리 짓는 김 화백은 간밤에 먹다 남은 잔과 병의 술을 모아 마치 새 병인 듯 빈 병에 채워 담아 저 혼자 해장술을 마신다. 그러다 문득 나를 보고 말했다.
　"새 술은 새 부대에, 알지? 한잔해."

김저운

갈 수 없는 나라
엔의 그네
유민流民

김저운

1985년 《한국수필》에 수필, 1989년 《우리문학》에 소설로 등단.
전북수필상, 작가의 눈 작품상, 제9회 불꽃문학상 수상.
KBS 라디오문학관에서 단편 〈개는 어떻게 꿈꾸는가〉,
〈마지막 식사〉 극화 방송.
소설집 《누가 무화과나무 꽃을 보았나요》.
공저 《마지막 식사》 등 다수.
산문집 《그대에게 가는 길엔 언제나 바람이 불고》.

갈 수 없는 나라

― 우리는 강하다. 아무리 높은 곳에서 떨어져도 죽지 않아.

선생의 표정은 단호했다. 그래. 그래. 몇몇이 고개를 끄덕였다. 새끼들도 덩달아 어깨를 으쓱였다.

― 그거야… 하도 작고 가벼우니까 그런 거지. 강하긴 뭐가 강하다는 거야? 도대체 우리가 뭘 할 수 있는데? 다른 대상을 공격할 수도, 막아낼 수도 없는 하찮은 존재인 걸. 그저 평생 기어다니고 숨어 살면서….

행렬 끝에 삐딱한 자세로 앉아 있던 투덜이가 내뱉는다.

흐흠. 철학자가 허리를 곧추세우며 투덜이의 말허리를 잘랐다.

- 강하다는 게 다른 대상을 힘으로 누르는 것만은 아니야. 오래 견디는 것, 오래 살아남는 것, 우리의 종족을 많이 퍼뜨리는 것… 이런 모든 걸 포함하지.

아암, 그렇고말고! 이번엔 대부분이 공감하는 듯했다. 정말 생기를 되찾은 듯했다. 철학자는 무리를 돌아보며 목소리에 더욱 힘을 주었다.

- 이 지구의 역사에서 우리처럼 오래된 곤충, 아니 동물은 없어. 오천만 년 전부터 존재했거든. 우리 조상의 모습이 중생대 지층에서 발견됐으니까. 그게 증거야. 그리고 지구상의 동물들 가운데서 우리 개체 수가 가장 많아. 저 인간들보다 훨씬 더 많다고.

와, 하는 탄성이 여기저기서 터져 나왔다. 휘파람을 불고 엉덩이를 실룩거리며 춤을 추는 개미도 보였다. 투덜이만 여전히 얼굴을 옆으로 돌리고 먼 곳을 바라보았다. 그는 혼잣말처럼 중얼거렸다.

- 그래 봤자 쫓겨난 신세들인데, 뭘. 아니, 모두 벌써 까먹었단 말이야? 그 난리를?

정말이지 이들은 벌써 잊어버린 것 같았다. 오늘 아침, 그동안 살았던 낙원이 짓밟혔다는 것을. 그래서 새로운 안식처를 찾아 헤매고 있다는 것을. 조금 전까지만 해도 충격에 이어 슬픔과 분노로 떨고 있지 않았던가.

동이 틀 무렵, 갑자기 불개미 무리가 들이닥쳤다. 굴 밖에 나갔던 아기개미가 그들에게 거슬렸던 모양이다. 아기개미는 말했다. 저만치 나무 줄기에서 밑동으로 내려오는 불개미들의 행렬을 바라보고 있었다 한다. 저희들과 생김새가 달랐다. 몸뚱이가 붉고 누르스름했으며, 배에는 가는 털들이 나 있었다고.

- 뭘 봐?

그들 가운데 한 녀석이 째려봤다. 아기개미는 움찔했지만, 용기를 내어 대답했다.

- 그냥. 쳐다보는 게 뭐 어때서?

붉은 녀석이 휙, 몸을 돌려 아기개미를 향해 돌진했다. 금세 몇 마리가, 아니 수십 수백 마리가 따라붙었다. 그들은 턱을 내밀고 고약한 냄새를 풍기면서 달려왔다. 매우 빠르고 힘이 셌으며 거칠었다. 순식간에 이쪽 왕국은 초토화되었고, 그들이 뿜어낸 산성 물질로 숨을 쉴 수가 없었다.

- 쳐다보기만 했는데 그게 무슨 잘못인가요? 그리고

다 같은 개미인데 어째서 우릴 더 싫어하는 거죠?

울고 있는 아기개미의 어깨를 철학자가 토닥여 주었다.

– 우리 개미들뿐 아니야. 종족끼리 싸우는 일은 세상에 수없이 많아. 고양이, 개, 인간도 그래. 저희들끼리 더 싸우거든.

왕국은 처참하게 무너졌다. 여왕이 낳은 하얀 애벌레들이 짓이겨진 채 흙과 모래에 뒤엉켜 있었다. 아직 눈도 다리도 생겨나지 않은 것들이었다. 여왕은 숨이 턱턱 막히면서도 울음을 참고 따라나섰다.

그렇게 출발한 피란길이었다. 정보가 많고 아직 젊은 선생이 일행을 이끌었다. 그는 반복해서 주의를 줬다. 오직 눈앞에 있는 것에만 집중해야 한다고, 가는 길의 방향을 놓치지 않아야 한다고.

갑자기 비가 내리기 시작했다. 선생과 철학자의 목소리가 연달아 들렸다.

– 어떤 일이 있어도 떨어지면 안 돼. 함께 가야 돼.

– 뒤돌아보지 마.

그것은 그들의 철칙이었다. 이동할 때 행렬을 벗어나

지 않는 것, 그리고 뒤돌아보지 않는 것. 그렇지만 이렇게 비가 쏟아질 때 이 규칙을 지킨다는 게 몹시도 어려웠다. 빗줄기가 등에 꽂히면 몸의 균형을 잃고 뒤집어지기 일쑤였다. 땅바닥에 뒹구는 나뭇가지며 나뭇잎들이 시야를 어지럽혔다. 그래도 오로지 그들만의 냄새를 놓치지 않고 대열을 따라갔다.

– 앗, 여왕이 물에 빠졌어.

누군가가 날카롭게 비명을 질렀다. 폭우에 금세 만들어진 물고랑을 타고 여왕이 순식간에 떠내려갔다.

일찌감치 행군에 지쳐 있던 여왕이었다. 그녀는 혼인 비행 이후 개미굴 속에서 밖으로 나와 본 적이 없다. 평생을 거처에서 알을 낳는 일만 하고 살았다. 게다가 오늘 아침 수많은 자식을 잃었다.

여왕을 떠나보내고 가슴을 쓸어내리기도 전에 뒤에 있던 한 무리가 또 물살에 휩쓸렸다. 여기저기서 탄식이 새어 나왔다. 그런가 하면 앞장섰던 무리는 뒤에서 무슨 일이 벌어진 줄도 모르고 끄덕끄덕 앞으로만 갔다.

할 수 없이 선생이 일행을 멈춰 세웠다. 빗줄기를 피할 수 있는 안전한 장소를 발견한 것이다. 운동장 조회대 아래였다. 조회대 위에 하얀 지붕이 있어 그 근처는 축축하긴 해도 그럭저럭 쉴 만했다.

계단 아래 김밥 부스러기가 눈에 띄었다. 표범나비 애벌레가 죽은 채 뒹굴고 있었다. 모두 환호성을 질렀다. 그거면 우선 한 끼니로 충분했다. 입맛을 잃은 철학자는 일찌감치 물러나 두고 온 왕국을 생각했다.

대학교 운동장을 둘러싼 북쪽 화단은 개미 무리의 보금자리였다. 흙이 부드럽고 영양이 풍부했으며, 무엇보다 인간의 발이 잘 닿지 않아 생존 조건에 딱 맞았다. 이들은 흙 속에 굴을 파서 저희의 왕국을 세웠다. 일개미, 병정개미, 여왕개미… 이런 분류는 계급이 아니었다. 역할에 따라 붙여진 명칭일 뿐. 모두 긍정적이었고 성실했으며, 각자의 책임을 다하면서 협력했다. 쉬지 않고 일하는 일개미들의 수고로 몇 개의 창고엔 먹거리가 늘 가득했다. 여왕은 거처를 한시도 뜨지 않고 머물며 알을 낳는 소임을 다했다. 어제까지도 행복한 왕국이었는데….

그 사이 비가 그쳤다. 선생은 앞으로 갈 길에 대해 설명하고 의견을 물었다.

– 이제 비도 그쳤고, 물도 어느 정도 빠졌으니 출발

할 것이다. 목적지는 바로 저기 운동장 끝이다. 거기엔 쓰레기장이 있다. 주변에 먹을 것이 풍부해서 식량 걱정은 안 해도 된다. 그런데 지금까지 한나절을 행군했지만 겨우 삼분의 일밖에 오지 못했다. 물론 소나기 때문이었다. 원래는 운동장을 둘러싼 화단을 빙 돌아가려고 했다. 그러나 시간이 너무 걸린다. 자칫하면 노숙을 할 수도 있다. 거기에서도 예기치 않은 사고를 당할 수 있다. 그래서 방향을 바꾸려 한다. 운동장을 가로질러 가는 것이다. 그러면 해 지기 전에는 도착할 수 있다. 지름길로 가면 시간은 단축되는데, 더 큰 위험이 따를 수도 있다. 학생들이 운동장으로 몰려나오면 그들 발길에 밟힐 가능성이 크다. 인간의 발과, 인간이 만들어낸 바퀴 달린 것들이 우리 개미들에겐 가장 치명적이다. 두 갈래 길을 두고 여러분의 결정을 따르겠다.

오늘은 운동장에 학생들이 거의 없다. 햇빛 때문에 대부분 나무 그늘을 따라 이동하는 것 같다. 그러니 운동장을 가로질러 직진하는 게 좋겠다는 의견이 지배적이었다. 두려움이 쌓이고 마음이 급해진 모양이었다. 투덜이가 기어이 한마디 던진다.

– 되도록 인간 짐승부터 피하는 게 상책 아냐? 그들은 순식간에 와서 덮치잖아? 예측한다 해도 피할 도리가 없어. 인간의 보폭과 우리 보폭은 백분의 일? 아니 천분의 일? 엄청난 차이가 있거든.

철학자가 돌아보며 부드럽게 타일렀다.

– 그게 운명이라는 거다. 우리들의 운명!

투덜이는 절레절레 고개를 흔들며 주저앉았다.

철학자가 주의할 점을 재차 강조했다.

– 무엇보다 인간 짐승들 발에 밟히지 않도록 하자.

선생과 철학자는 이 개미 왕국에서 가장 지성적인 존재였다. 대부분의 개미들은 어려운 일이 있으면 이들과 상의했다. 그리고 이들이 내리는 결정을 순순히 따랐다. 단지 투덜이만큼은 철학자를 못마땅해했다. 지성보다는 지나치게 감성적인 존재라고 깎아내리곤 했다.

다행히 운동장엔 사람 하나 보이지 않았다. 저 운동장만 가로질러 통과하면 된다는 생각에 모두의 표정에 결기가 어렸다.

침묵의 행진이었다. 모두 입을 꾹 닫고 앞에 있는 개미의 꽁무니를 따라갔다. 앞에 가는 동료의 냄새가 그들의 지도였다.

적막한 길을 가면서 공주개미 깔끄미는 문득 그를 떠올렸다. 혼인비행에서 짝이 되었던 수개미. 사실 그의 모습도 분명하게 기억하지 못한다. 단지 그가 곁을 스칠 때 풍겨 오던 그 페로몬 향기! 그 수개미는 깔끄미와 짝짓기를 한 후 생을 마감했다. 그것 또한 그들의 운명이었다. 아무도 모른다. 일생일대 첫 비행의 추억이 깔끄미의 가슴에 각인되어 있다는 것을. 달콤했던 단 한 번의 사랑을…. 여왕의 죽음으로 이제 깔끄미는 여왕개미가 되었다. 그 역할이 부담스러워 피하고 싶은 마음이 없었던 건 아니지만, 가슴에 품었던 비밀의 사랑을 떠올리자 그 운명이라는 걸 받아들일 수 있을 것 같았다.

점점 더워지기 시작했다. 하늘 한복판까지 온 해가 가장 뜨거워지는 시간이다. 늙은 개미들이 가장 먼저 지친 기색을 보이면서 무리의 속도가 점점 느려진다. 조회대 근처에서 방향을 바꿔 출발한 지 두 시간 정도 지났다. 앞으로 또 두 시간은 더 나가야 해가 지기 전 목적지에 이를 수 있다. 병정을 앞세우고 맨 앞을 가던 철학자는 몹시도 힘이 들어 잠시 걸음을 멈추고 저만치서 따라오는 행렬을 물끄러미 바라보았다. 마치 겨우겨우 이어진 한 가닥 실오라기 같다.

갑자기 슬픔 같은 게 밀려왔다. 그토록 안간힘을 쓰며 걸어온 자취가 저렇게 초라했단 말인가?

저 앞에서 또 다른 검은 실오라기 한 가닥이 이쪽을 향해 오고 있었다. 병정개미 서넛이 재빨리 대열을 정지시켰다. 그런데 언뜻 보아도 그들도 지쳐 있는 행색이어서 경계심이 조금 누그러졌다. 서로 가까워졌을 때 선생이 물었다.

- 어디를 향해 가는 거지?
- 우리도 몰라. 어쨌든 좀 더 안전한 곳을 찾고 있어. 저쪽은 살 곳이 못 돼.
- 왜 먹을 게 없어?
- 아니, 먹을 건 많아. 그래서 서로 땅을 차지하려고 난리도 아냐. 어디선가 침입한 외래종도 있고…. 심지어 종족의 시체를 먹는 놈들도 있어. 우리도 더 이상 못 있겠어서 다른 곳을 찾는 중이야. 쫓겨난 거나 다름없지, 뭐.

여기저기서 탄식이 흘러나왔다. 시종일관 의연함을

잃지 않던 선생도 철학자도 굳은 표정을 지었다.

– 그럼 우린 또 가야 해서… 행운을 빌게. 안녕!

그들은 다시 가던 길을 재촉했다.

일은 눈 깜짝할 새도 없이 벌어졌다. 무언가 머리 위를 휙 스치는가 했는데 그것이 땅바닥에 내리꽂혔고, 이어서 통통 튀며 굴러갔다. 연녹색 테니스공이었다. 정신을 차리고 보니, 또 많은 동료들이 짓이겨져 있었다. 저 멀리 테니스장에서 한 사람이 라켓을 휘두르며 달려왔다. 착착착착. 흰 운동화는 바닥을 튕기듯 가벼웠지만, 그 아래 깔려 죽은 개미는 수백 마리도 넘었다. 흰 운동화는 어떤 일이 벌어졌는지도 모른 채 공만 주워 들고 떠났다. 그가 불던 휘파람 소리가 운동장에 경쾌하게 퍼져 나갔다.

왕국에 쳐들어온 불개미의 폭력으로, 피란길 빗물에 휩쓸려서, 테니스공과 사람의 발길에 치여서… 그렇게 허망하게 많은 동료를 잃고, 이제 일행은 삼분의 일밖에 남지 않았다.

다시 왼쪽으로 방향을 틀었다. 원래의 목적지는 살 만한 곳이 아님을 또 다른 무리가 가르쳐 주었다. 이제

남쪽 화단까지 소요되는 시간은 마찬가지겠다, 거기 하룻밤 머물면서 정착할 곳을 찾아보는 게 낫겠다고들 했다. 어른들은 지쳤으나, 어린 개미들은 또 새로운 희망에 들떴다. 거기 나무랑 꽃이랑 풀들이 있으니, 수액이랑 열매가 많을 거라는 기대가 솟았던 것이다.

철학자는 쓰러질 것만 같았다. 다리가 후들거리고 어질어질했다. 점점 대열 끝으로 밀려났다가 그만 주저앉아 버렸다. 눈이 감겼다가 겨우 실눈을 뜨고 보니, 아기개미가 옆에 와서 바라보고 있었다. 아기개미는 금방 터질 것 같은 울음을 참으며 물었다.

— 조금만 더 가면 돼요. 그늘도 있고 먹을 것도 있다고 하지 않았어요? 네?

— 그래. 어서 가. 나는… 좀 쉬었다가… 좋은 세상에서 만나자….

무리는 점점 멀어져 갔다. 철학자는 땅바닥에 쓰러진 채 누워서 그들의 냄새가 아득히 사라지는 걸 느꼈다. 마지막 눈길에 어딘지도 모르는 낯선 땅을 찾아 흘러가는 행렬이 한 줄 실낱처럼 맺혔다.

여름 해는 유난히 뜨겁고 길었다.

엔의 그네

한동안 침묵하던 그녀는 '집'이란 말이 나오자 고개를 저었다. 퉁퉁 부은 얼굴을 가린 손이 유난히 길고 가느다랗다. 언뜻 생각하기엔 한없이 게을러 보이는 손이다. 손등의 피부가 까무잡잡하고 거칠어 보이지만 않는다면.
– 나랑 같이 가요. 내가 은아 아빠한테 잘 설명할게요. 일단 집에서 쉬어야지요.

차 시동을 켜고 핸들에 손을 올리려는데 그녀가 내 팔을 잡았다.
– 조금 있다가….
– 무서워요? 하긴, 무섭겠지. 어떻게 이럴 수가….

잠깐 '쉼터'를 떠올렸다. 파출소, 경찰서 같은 단어도 막 스쳐갔다. 나의 다급하고 황망한 태도와 달리 그녀는 조용하고 느렸다. 마치 아무 일도 없었다는 듯이.

- 쉼터로 가요. 거긴 안전해요. 우선 쉬면서 생각해 보게요.

말이 끝나기 무섭게 그녀는 나를 정면으로 바라보며 단호하게 말했다.

- 안 돼요. 선생님, 아무한테도 말하지 마요. 제가 알아서 할… 일입니다.

생니 한 개가 뿌리째 흔들리고, 잇몸이 찢어졌다. 거의 아버지뻘 되는 남편이란 작자의 주먹 한 방에. 치료를 받고서 솜뭉치를 문 입에서 나오는 발음은 어눌했지만, 한국어를 이렇게 잘하는 줄 몰랐다. 한국어 강습 시간도 다 채우지 못했고, 외출도 거의 하지 않았고, 이웃도 잘 만나지 않았는데 신기했다.

일단 차를 몰고 야외로 나갔다. 그녀는 나보다 심사가 더 복잡할 터. 또한 내가 남의 가정사에 끼어들어 이래라저래라 할 수도 없는 노릇. 아니 그들이 알아서 잘 해결하면 된다. 나는 이웃이자 다문화 교육 강사로 내 책임만 다하면 된다. 내가 굳이 나서면 더 시끄러워질 수도 있잖은가. 특히 툭하면 동네 사람들과 싸우는 은아 아빠란 사람과 척지고 싶지 않은 마음이 더 컸는지도 모른다.
 어쨌든 그녀를 데리고 병원에 간 것은 잘한 일 같다.

 버스 정류장을 지나는데 그녀가 눈에 띄었다. 마스크를 써서 얼굴을 반쯤 가렸지만 언뜻 보아도 틀림없는 은아 엄마였다. 흔히 아웃도어라 부르는 바지에 바람막이 후드점퍼 차림, 뒤로 묶은 생머리, 가늘고 긴 몸의 골격, 약간 움츠린 어깨가 그랬다. 나는 유리창을 내리고 친절한 미소를 지으며 어딜 가느냐고 알은체를 했다. 그녀는 고개만 까딱해 보였다. 골목길에서 마주칠 때마다 어설픈 웃음을 보이고 돌아서는 게 내심으론 마뜩치 않았던 그대로였다.
 다시 가속 페달에 발을 올려놓으려는데 뭔가 석연치 않은 느낌이 들었다. 뒤돌아서 나를 바라보던 눈빛이 여느 때처럼 그저 무심하지 않다는 데 생각이 미친다. 평상시 그녀는 절대 뒤돌아보지 않았으니까. 그리고 약간 휘청했다가 자세를 바로잡고 힘없이 서 있는 자세도.
 길가에 차를 대고 그녀를 향해 손짓했다. 그녀가 선뜻 다가왔다.

– 어딜 가요?

그러고 보니 그녀의 눈이 축축이 젖어 있다. 흰 마스크 아래턱에 핏자국이 묻어 있다. 룸미러로 자꾸 차 뒤를 보는 게 마음이 급하고 불안해 보였다.

– 걱정 마요. 내가 아는 치과가 있으니 거기로 함께 가요. 우선 치료부터 해야지, 세상에나…. 그리고 일단 진단서 떼요, 진단서. 오늘 어떻게 해서 어디를 다쳤는지, 그리고 어떤 치료를 했는지 병원에서 서류를 떼달라고 해요. 내가 옆에서 도와줄게요.

읍내를 벗어나 이십여 분 달렸더니 강줄기가 보였다. 하늘도 흐릿한데 강물도 흐리다. 강기슭에 함초롬히 보이는 것들이 적색 융단처럼 깔려 있었다. 휴게소에 차를 대고 강둑으로 올라섰다. 그녀는 일절 말이 없었다. 아무 생각이 없는 듯 덤덤히 따라왔다. 지금은 진통제 효과 때문이지 한두 시간 지나면 몹시 아플 게 분명하다.

문득 그녀가 물었다.

– 이 강은 어디로 갑니까?

가느다란 손끝이 왼쪽을 가리킨다. 어이없단 생각이

들었다. 지금 상황에서 무슨 질문이 이런가?

- 바다로 가죠. 여기서 조금 가면 서해가 나와요. 왜요?
- 여긴 배가 하나도 없어서….

그녀는 길섶에 침을 뱉었다. 시뻘건 핏물이 섞인 침이었다. 한 시간 동안은 이빨에 끼운 솜뭉치도 빼지 말고, 고이는 침도 뱉지 말고 그냥 삼키라고 했는데, 깜박 잊은 모양이었다.

- 괜찮아요? 안 아파요?

억지로 웃어 보이는 얼굴을 바라보았다. 눈이 참 예쁘다. 오염되지 않아 맑고 깊은 사슴의 눈빛 같다.

사실 이 여자를 속으로는 은근히 무시했었다. 다문화 가정 교육에도 두어 시간밖에 참여하지 않았다. 몇 번 찾아갔는데 남편의 반대가 심한 것 같아 포기했다. 길에서 이따금 마주치기도 하는데 겨우 까딱 고개 인사를 하는 둥 마는 둥이었다. 대화를 해보려 해도 틈을 주지 않았다. 그녀뿐만이 아니었다. 읍내에 외국인 노동자들이 많았는데 몇을 제외하고는 대부분 그랬다.

그러나 내 생각이 한없이 가벼운 것임을 차츰 알게 되었다. 다문화 가정 또는 외국인 노동자들은 내국인에 대한 경계심이 강하다. 또한 굳이 타인의 생각을 읽고 느끼려 하지 않는다. 어쩌다 부유한 나라가 되어 돈밖에 모르는 나라이니 그들도 돈만 벌어 돌아가면 되는 것이다. 그래 너희들이 무시하건 말건 우린 열심히 일만 하면 된다… 뭐 그런 거 아닐까, 라고 나는 치부해 왔다.

아직도 입안에 든 솜뭉치를 입에 문 채 그녀는 뜨직뜨직 말했다.

- 우리 엄마는 캄보디아 사람, 열 살 때 보트를 타고 메콩강을 건너 베트남으로 왔대요. 아빠만 베트남 사람이고요.

묻지도 않은 말을 먼저 끄집어낸 건 뜻밖이었다. 나로선 반가운 일이었다.

- 그래요? 당시만 해도 두 나라가 아웅다웅했는데 어떻게 만났을까? 찐한 사랑?

그녀는 황당하다는 표정을 지어 보였다.

- 사랑요? 우리는 사는 것, 살아가는 것, 그러니까, 음….

- 생존?

- 아, 맞아요. 생존에 매달려 살아왔어요. 살아남기

위해서.

나는 속으로 못내 부끄러웠다. 그래. 이 여자의 엄마, 즉 보트를 타고 베트남으로 간 난민의 딸이 베트남 남자를 만날 수밖에 없었던 것도, 이 여자가 아내와 사별한 아버지뻘 되는 한국 남자와 결혼한 것도, 다 살아가기 위한 생존 때문이었겠지. 그런데 나는 왜 이들의 그런 몸부림을 무조건 경멸했던가?

- 민우연 씨, 이건 한국식 이름이고 당신 진짜 이름은 무엇인가요?

- 밍 우이엔. 그냥 엔이라 불러도 됩니다.

아름답고 훌륭하고 우아하고 이해심이 깊다는 뜻이라고 한다. 그녀는 아픈 왼쪽 뺨을 손바닥으로 받치고 멋쩍게 웃었다.

조심스럽게 물어 보았다. 남편을 사랑하느냐고. 그녀는 픽 웃더니 잠깐 뜸을 들였다.

- 엄마랑 같은 경우예요. 베트남에선 이렇게 말해요. 한국은 밥 먹을 수 있는 나라라고. 근데요, 아이들을 사랑해요. 이젠 아이들 때문에…. 그래도 남편이 불쌍하다는 생각이 들 때가 있어요.

그녀는 주머니에서 휴지를 꺼내 입 가장자리를 닦았다. 그러면서 뭐라 중얼거렸는데, 자동차 한 대가 갑자기 앞으로 끼어드는 바람에 잘 알아듣지 못했다.

– 논? 뇨운? 그게 무슨 뜻이죠?

혼잣말처럼 내뱉고선 무렴했는지 그녀가 내 쪽을 향해 속삭이듯 말했다.

– 도둑놈. 캄보디아 말. 우리 엄마가 가끔 아빠하고 싸우면서 욕할 때 이렇게 소리쳤어요. 요운…. 나중에 알았습니다. 도둑놈이란 뜻이래요.

읍내 입구에 공원이 보였다. 화장실에 들렀다 나왔더니 그녀는 공원 한쪽에 있는 그네 앞에서 서성이고 있었다.

– 저거 늘 타고 싶었어요. 한국에서는 사람이 많아서…. 어릴 때 나트랑 근처 시골에서 살 때, 마을 아이들 중 제가 그네를 제일 잘 탔어요.

그녀를 가만히 그네 앞으로 데리고 갔다. 한두 번 손사래를 치던 그녀가 그네에 성큼 올랐다. 날렵하고 의젓했다. 그녀는 그네에 걸터앉지 않고 우뚝 선 채 발을 굴렀다. 엉덩이를 뒤로 쭉 빼고 무릎을 굽혔다가 펴면서 일어나더니 몸을 꼿꼿하게 세우고 공중으로 올라갔다.

– 하이 꽈! 하이 꽈!

나도 모르게 손나팔을 하고 외쳤다. 문득 영상처럼 한 장면이 스쳐갔다. 하얀 아오자이를 입고 농라를 쓴 채 그네를 타는 소녀 엔. 그녀는 과거 속에 흑백사진처럼 정지되어 있었나 보다. 낯선 땅에 와서 타국 남자와 결혼한 지 십여 년 사이에 실종됐는지도 모른다.

직업상 외국인 노동자나 이주 여성들을 보면서 한결같은 의문을 품었다. 왜 저들은 저토록 무기력하고 무덤덤할까? 그런 나에게 엔은 답이 되어 주었다. 스스로 무디어지는 연습을 수없이 했으리라. 파도와 모래에 시달려 동글동글해진 조약돌이나 투명한 조개 껍데기처럼. 그것이 삶의 한 방편이 되었던 것이다.

그네는 허공으로 높이 솟구쳤다가 내려오고 다시 솟구치기를 반복했다. 저만치서 아이들이 우르르 몰려왔다. 여기저기서 탄성이 터졌다. 나는 그녀를 바라보며 잘한다, 잘한다, 소리 지르다가 문득 불길한 생각에 사로잡혔다. 미친 듯 허공을 가르고 곤두박질치는 그녀가 그만 툭, 끊어져 버릴 것만 같았다. 아니면, 그녀가 그대로 하늘 저 높이 새처럼 자유롭게 날아갈지도 몰라 심장이 터질 것만 같았다.

유민 流民

 압록강 하류에 다다른 행렬은 각자 무리를 지어 흩어졌다. 내륙으로 가든, 바닷길로 가든 방법은 달랐으나, 그들이 향하는 곳은 남쪽이었다. 이미 수천수만 명이 떠났다고 했다. 그나마 받아 줄 땅이 있다는 게 고마울 지경이었다.

 천재지변도 아니다. 내전도 아니다. 이백여 년 동안 대륙 위에 굳건했던 나라는 사흘 만에 무너졌다. 위정자들은 강대국의 품에 안겼고, 백성들은 뿔뿔이 흩어졌다.

 성안의 군사들을 빼고는 제대로 저항도 못 한 채 투항해 버렸다. 수백여 왕족과 귀족들, 수천의 장수들이 자신의 안위를 보장받는 조건으로 무릎을 꿇었다. 거의 스스로 내준 것이나 다름없었다. 오랜 내분이 가져온 결과였다.

누려 온 세월은 장대하였으나 그 끝은 허망했다.

어떤 사람들은 식솔을 거느리고 여진족의 삼엄한 경계를 피해 압록강을 넘었다. 송학 땅에서는 좋은 집과 논밭을 주어 살 수 있도록 해준다는 소문이 돌았다. 그러나 그 혜택 또한 호족들에게만 허여되었다. 아랫것들은 거기에서도 종이 되었다.

전쟁에 동원되는 이들도 대부분 노비였다. 고려와 여진, 혹은 고려와 후백제가 싸우는 곳으로 끌려갔다. 전쟁터에서 싸우다 죽거나 도망치다가 죽거나 마찬가지여서, 도망가는 이들이 속출하였다.

한 무리의 사람들이 있었다. 수 대에 걸쳐 종노릇 하며 살아온 이들이었다. 그의 아버지도, 할아버지도, 할아버지의 아버지도, 그 아버지의 할아버지도…. 모두 노비여서 그 시작이 언제인지 몰랐다. 그렇게 살아온 이들에게 전쟁은 또 다른 삶의 물음이 되었다.

이들 중 하나가 외쳤다.

- 우리는 다른 땅으로 갑시다. 주인을 따라가면 또 종살이밖에 못 하오. 그러니 멀리 떠납시다.

달리는 말발굽 소리처럼 박수 소리가 터져 나왔다. 그러나 몇몇은 가당치 않다고 손을 내저었다.

- 당장 먹고사는 게 문제요. 목구멍이 포도청이라….

또 한 사람이 나섰다.

- 고려에선 유민을 환영한답디다. 먹을 것과 옷가지를 나누어준다지 않소?

갈등의 시간은 길지 않았다. 떠나자는 의견이 압도적이었다.

- 이참에 나는 종놈 딱지를 떼내 버리고 싶으요. 우리에겐 성도 없잖소? 장씨, 오씨, 고씨, 두씨… 다 주인 성 따라서 붙인 것 아뇨? 이제라도 내 성씨를 만들겠소.

- 옳소!

- 산으로 가서 화전민이 되어도, 바다로 가서 어부가 되어도 좋소. 갑시다.

아무것도 모르는 어린것들은 어른들 가랑이 사이로 깔깔대며 뛰어다녔다.

동틀 무렵 배를 타고 출발했다. 남쪽으로, 남쪽으로. 더 이상 권력자의 희생양이 되지 않기 위해서. 명분 없는 싸움에 방패막이로 동원되지 않기 위해서…. 그곳이 어디일지 아무도 확신할 수는 없었다. 백제 땅일지 신라 땅일지, 혹은 더 멀리 탐라 땅일지도.

대륙에서만 살았던 그들에게 바다는 두렵고 생소했다. 그러나 무사히 반도 어느 땅에 닿기만 하면 이전의 삶보다는 나은 삶이 있을 것 같았다. 적어도 사흘 만에 무너지는 나약한 나라는 아닐 것이다. 개, 돼지도 함부로 버릴 수 없는 법인데, 백성을 버리는 군주가 또 있을 것 같지 않았다.

일단 강화섬까지 가보기로 했다. 그 섬에 대해서는 아는 바가 없다. 선주이자 사공인 뱃사람을 믿고 따라가는 것이다. 오랜 세월 발해만을 비롯한 황해 곳곳을 다니며 조세 거두는 일을 했을뿐더러, 많은 유민을 실어 날랐던 사람이다. 그는 자신 있게 말했다. 하늘만 도와준다면 사나흘 후 강화에 도착할 수 있다고. 연안을 따라갈 터이니, 혹여 위험한 징조가 보이면 가까운 뭍이나 섬으로 피할 수 있다고.

남자보다 여자가 더 많았다. 예순을 넘긴 노인도 두엇

이나 된다. 무엇보다 출산이 낼모레라는 젊은 아낙이 가장 심란해 보였다. 하지만 이번에 주저앉으면 영영 못 떠난다며 울고불고 사정했다. 부호인 말갈 사람네 몸종인데, 그들이 보름쯤 후 요서 지역으로 떠날 계획이 잡혀 있다는 것이다. 아낙은 물귀신이 되더라도 그들을 따라가지 않겠다고 했다. 이 기회가 아니면 평생 그 집 종으로 살아야 할 것이 뻔했다.

뱃사람이 돛을 높이 올렸다. 그의 호기로운 모습처럼 누런 쌍돛대는 바람을 한껏 품어 팽팽했다. 의연히 바다 위를 미끄러져 가는 돛단배 뒤로 윤슬이 따라왔다.

각자 최대한 마련할 수 있는 만큼씩의 물품으로 승선을 약속한 터였다. 누구는 무명 몇 필, 또 누구는 잡곡 몇 되, 인삼…. 그런가 하면 벼루와 먹, 중국 서적, 사기 그릇, 화선지에 그린 그림… 누가 보아도 쉽게 흥정할 수 없는 값진 물건도 있었다. 그러나 아무도 그 출처를 묻지 않았다. 뱃삯보다 몇 배나 더 값이 나간다 해도 주인네들의 사치품일 뿐 이들에겐 소용이 없는 물건이다.

고물에는 며칠 동안 끼니를 때울 식량을 실었다. 물, 밀떡, 미숫가루, 볶은 콩, 김부각 같은 구황식품이다. 모두 그 '며칠'이 길어지지 않기만을 간절히 빌었다.

크고 작은 섬들 곁을 지나 바다 한가운데로 들어갈수록 물결이 높아졌다. 돛을 따라오던 재갈매기 몇 마리가 점점 멀어져 갔다. 간혹 물범이 수면 위로 나타났다가 사라지기도 했다.

바다 위의 시간은 유난히 길었다. 어린애고 어른이고 뱃멀미로 낮 시간을 다 보냈다. 밤이 되면서 캄캄한 하늘에 무수한 별들이 돋아났다. 악공이 젓대를 꺼내 불었다. 물결 소리는 귓전에서 찰랑거리는데, 피리 소리는 별들을 향해 흘러갔다. 한쪽에서는 코 고는 소리가 들렸고, 사내 두엇은 잠들지 않고 어두운 바다를 지켜보았다.

느닷없는 비명이 들렸다. 젊은 아낙이 뱃전에 드러누워 둥두렷한 배를 움켜잡고 몸을 비틀었다. 진통이 온 모양이었다. 곧 아낙네들이 그녀를 에웠지만 허둥대는 게 역력하다. 맨몸으로 세상에 나올 핏덩이를 기꺼이 받아 줄 여건이 못 된다. 탯줄을 자르고, 뜨거운 물로 씻겨 주고, 따뜻한 잠자리를 마련해 주어야 한다. 만약 출산이 순조롭지 않고 위태로운 일이 생긴다면 어쩔 것인가.

뱃사람이 먼저 제안했다.

– 이제 곧 해가 질 것이오. 일단 섬으로 갑시다. 여기가 남포 근처인데, 가까이에 초도라는 섬이 있다오. 대여섯 가구가 사는데 아는 노인네가 있소. 그 집에서 산모 몸도 풀고, 우리도 하룻밤 쉬고…. 이틀을 바다 위에 계속 떠 있는 것은 사실 무리요.

섬 집 노파는 자신이 쓰던 방을 산모에게 기꺼이 내주었다. 여자들과 아이들은 건넌방과 부엌에서, 남자들은 배에서 밤을 보내기로 했다. 아직 소녀티가 채 가시지 않은 어린 어미는 잘 견뎌 주었다. 진통이 심해지면 입에 수건을 물고 비명을 참았고, 좀 가라앉으면 직접 만들어 온 배내옷과 기저귀를 쓰다듬었다.

새벽녘 수탉이 울기도 전 아기 울음소리가 섬 동네에 울렸다. 누가 들어도 맑고 청아한 것이 딸이었다. 어미는 아기를 품에 안고 어루만졌으며, 아비는 연신 아궁이에 불을 지폈다.

아침이 밝아 오면서 다들 떠날 채비를 했지만, 이들 가족은 여기 남기로 했다. 섬에 빈집이 있으니, 아기와 산모가 무탈하게 지낼 수 있도록 하는 게 좋겠다고 했다. 첫딸을 낳은 아비가 작별 인사를 했다.

— 애 이름은 '섬'이라 지었어요. 섬에서 태어났으니까. 그리고 이참에 저도 제 성을 찾을랍니다. 지금까진 주인을 따라 '양'가였지만, 제 본디 성은 '김'가요. 우리 아버지가 그리 알려 주었지요. 그러니까 우리 애기 성은 '김'이고 이름은 섬이어요. 꼭 기억해 주시오. 일 년이 될지, 십 년이 될지 모르겠지만, 또 만날 수 있겠지요. 제가 강화섬으로 갈 수도 있고, 여러분이 여기 초도로 올 수도 있고….

아비는 주먹으로 눈가를 연신 훔쳤다. 일행 가운데 가장 나이가 많은, 수염이 허연 노인이 그의 어깨를 감쌌다.

— 자식이 생겼으니 기쁜 날이네. 우리 또 봄세. 내가 얼마나 살지 몰라서 자네를 다시 만날 날이 있을까 싶지만… 핫핫!

사내들은 묵묵히 바라보았고, 아낙네들은 코를 훌쩍거리고, 어린것들은 뭐라 시끄럽게 소리 지르며 모래밭에서 장난을 쳤다.

하나둘 배에 오르는데 저만치 떨어진 오두막 쪽에서 누가 크게 소리치며 뛰어왔다. 열 살 남짓으로 보이는 계집아이 둘을 앞세운, 머리가 희끗희끗한 부부였다. 섬

집 노파가 그쪽에 대고 재촉하듯 손짓했다.

사내가 숨을 헐떡이면서 간곡한 눈빛으로 말했다.

– 우리 조카들이요. 동생이 전쟁터에 나가 죽었소. 그래서 제수가 아이들을 데리고 여기로 이주해 살았는데, 애들 어미마저 병으로 그만….

그의 넓은 어깨가 심하게 들썩였다. 그의 아내가 말을 이었다. 이미 한참을 울다 왔는지 눈덩이가 짓물러 보였다.

– 이 아이들을 데려가 주실 수 있소? 여기선 위험해요. 그동안 거란 병사들이 수차례 다녀갔어요. 그때마다 숨기곤 했는데… 들키면 그나마 남은 섬사람들까지 다 죽어요. 해적들도 간혹 들이닥치고… 강화섬으로 가신다 들었어요. 거긴 조용하다니까 여기보단 나을 거 아녜요? 있는 거 다 드릴 테니, 제발 부탁합니다.

그들 부부가 보따리를 풀었다. 문어 말린 것이 스무 마리는 족히 되는 듯했다.

이쪽 아낙 하나가 나서서 두 아이의 손을 잡았다. 그리고 보자기를 다시 잘 묶어서 큰아이 손에 쥐여 주었다.

사람들은 배를 타고 떠나며 손을 흔들었다.

- 섬이 아버지, 섬이 어머니, 잘 있으쇼. 섬이도 쑥쑥 자라거라. 좋은 세상 오면 또 만납시다.
- 큰아버지, 큰어머니, 걱정 말고 잘 계시오.

두 사람이 내렸고, 두 사람이 배에 올랐다.
- 날씨만 변덕을 부리지 않는다면 뱃길은 순탄할 것 같소. 이 사람만 믿으시오.

뱃사람은 문득 삼 년 전 탐라까지 싣고 갔던, 어느 몰락한 호족을 떠올린다. 그가 혼자 독백처럼, 그러나 분명한 어조로 중얼거리던 말을 기억한다. 백성의 운명은 그가 속한 나라의 의지에서 만들어진다, 고 했던가….

사흘만 더 가면 강화에 닿는다. 이틀 동안 배를 타고 보니 처음 배에 오르던 두려움이 많이 없어진 것 같다. 파도가 높아지면 말수가 줄어들고, 잔잔해지면 우스갯소리도 터졌다.

평등하게 먹고 평등하게 배고픔을 참았다. 지금까지 온 길보다 가야 할 길이 더 험할지도 모른다. 그곳에 무사히 이르기나 할까? 사실은 막막하면서도 애써 희망을 품는다. 악공의 젓대 소리가 괭이갈매기 소리를 밀어

내면서, 아비 어미 무릎에서 잠든 어린것들의 자장가가 되었다.

무리를 태운 배는 항해를 계속해 나갔다. 아득한 바다 위, 수만 리 날아온 새 떼처럼 떠서 아래로, 아래로, 흘러갔다.

김 혁

개는 언제부터 개가 되었나
아버지의 어긋난 해방
옛날의 금잔디
제라늄 여인
하트 오브 골드 Heart of Gold

김 혁

1983년 한국일보 신춘문예에 단편 〈길고 긴 노래〉로 등단.
경희대학교 한의대 졸업, 고향인 충북 영동에서 한의원 개업.
《영동신문》을 창간하여 10여 년간 발행인으로 활동.
민예총 충북지회(회장 도종환) 부회장으로 활동.
장편소설 《장미와 들쥐》, 《지독한 사랑》, 《누가 울어》.
미니픽션 〈달걀팔이 소년〉 중2 국어 교과서(비상교육) 수록.

개는 언제부터 개가 되었나

G 씨는 얼마 전에 중국을 다녀오다 공항에서 아주 황당한 일을 당했다. 그야말로 개 같은 일이었다.

베이징에서 열린 국제 세미나에 참석한 뒤, 역사 유적지 몇 곳을 둘러보는 일정이었다. 윤석열 정부 대표로 참석한 G 씨는 한·중·일 3국이 과거는 덮어 두고, 새로운 미래를 향해 함께 나아가자고 강조하였다. 평소 자신의 신념이기도 한 이런 주장은 일본 쪽으로부터 큰 호응을 얻었지만, 단단히 틀어진 중국 측의 심사를 얼마나 돌려놓을 수 있을지는 의문이었다.

세미나가 끝나고 둘러본 상해 임시정부 유적지는 몹시 초라하여 보기가 안쓰러웠다. 세계 열강이 치열하게 각축하는 남의 나라 땅에서 더부살이하며 겨우 망명정부의 명맥을 이어갔던 고충을 모르는 바는 아니나, 현재 세계 무대를 주름잡으며 각광을 받는 대한민국의 정통성을 잇기에는 여러모로 부족하다는 생각이 들었다. 누가 뭐라 해도 우리나라의 정통성은 해방 이후 설립된 이승만 정부여야만 한다는 확신이 더욱 굳어졌다.

'이승만 그분이 거액의 독립 자금을 횡령하고, 조직 내 이간질을 숱하게 저지른 끝에 임시정부 대통령 직에서 탄핵을 당했다고 알려져 있는데, 그건 사실이 아닐 거야. 아마도 그분이 미국 대통령과도 교분이 있을 정도로 워낙 잘나고 똑똑했기 때문에, 그걸 시기한 반대 세력들의 교묘한 음해 공작으로 인해 억울하게 쫓겨나셨을 거야. 암, 그렇고말고….'

'6·25 전쟁 전후로 수십만 명의 양민을 학살한 것도, 따지고 보면 이승만 그분 혼자만의 잘못이라고 할 수는 없지. 당랑거철螳螂拒轍이라는 고사성어도 있듯이, 미국과 소련을 중심으로 한 냉전의 거대한 수레바퀴가 굴러가는데, 감히 그걸 막아 보겠다고 무모하게 덤벼들었거나, 혹은 운이 없어서 피하지 못하고 바퀴에 깔려 죽은 무리라 해도 크게 틀린 말은 아니지.'

'백번 양보해서, 이승만 그분이 냉전의 틈바구니에서 약삭빠르게 미국 쪽에 붙어서 눈엣가시 같은 민족 지도자들을 거의 다 죽였고, 일제에 부역한 악질 친일파들을 부활시켜서 민족정기와 사회정의를 깡그리 말살했고, 김일성이나 스탈린 같은 독재자를 꿈꾸며 수단과 방법을 가리지 않고 발악하다가, 결국 어린 학생들에게 쫓겨난 추악한 독재자라고 치자고! 아무리 그래도, 지금 우리가 이토록 번영을 누리고 있는 자유민주주의 국가의 기틀을 놓은 공로 하나만 가지고도 그 모든 잘못을 다 덮고도 남는 거 아니야?'

앞날을 내다본 남다른 혜안이 있어서 그리한 것은 아니었지만, 결과적으로 그분의 결정이 얼마나 탁월하고 위대했는지를 생각하면 온몸에 소름이 돋았다. 그리고 어떤 일이 있어도 그분을 바로 세우는 일에 앞장서야겠다고 굳게 다짐하였다.

큰 무리 없이 계획된 일정을 모두 마치고 상하이 푸둥 국제공항에 도착한 G 씨는 안도의 한숨을 내쉬었다. 어차피 외교적 갈등을 무마하기 위한 친선 행사였던 만큼, 이만하면 그런대로 성공적이었다고 동행한 보좌관과 함께 자평하였다. 자긍심도 한껏 높아졌다.

G 씨는 대학 시절 유명한 민주투사였다. 군부독재에 맞서 용감하게 싸운 그는 여러 번 투옥되어 심한 고문을 당하기도 했다. 그런 유명세를 바탕으로 여러 단체와 정당을 전전하며 사회정의와 민주화를 누구보다 열렬하게 부르짖었다. 하지만 언제부턴가 반대 진영에 몸을 담더니, 정반대의 주장을 펼치기 시작했다. 그 후로 각종 요직을 도맡아서 권력을 마음껏 향유함은 물론, 최근에는 극우단체의 고문으로 활동하기에까지 이르렀다.

'뭐? 나보고 극우의 미친개라고?'

'아무리 욕해 봐라, 내가 눈 하나 깜짝하나!'

'정권이 아무리 바뀌어도 내 자리는 늘 있다고, 흐흐흐!'

느긋한 마음으로 짐을 부치고, 여권과 티켓을 받아든 G 씨가 작은 캐리어를 끌고 막 출국 심사대 쪽으로 향했을 때, 어디선가 공항 경비대원의 손에 이끌린 커다란 개 한 마리가 그를 향해 무섭게 달려왔다.

"아, 아니! 이게 무슨 일이야!"

그는 너무 놀라서 하마터면 뒤로 나자빠질 뻔했다. 얼핏 보아도 잘 훈련된 마약 탐지견이었다. 순간 '혹시 무슨 음모가 있는 건 아닐까?' 하는 생각이 재빠르게 뇌리를 스치고 지나갔다. 마약 관련 범죄자들을 무조건 사형에 처할 정도로 무척이나 엄하게 다루는 중국인지라, 혐의가 전혀 없음에도 불구하고 등골이 서늘하고 머리카락이 온통 곤두섰다.

"킁킁! 킁킁!"

잘생긴 리트리버종 마약 탐지견은 그의 캐리어에 코를 박고 냄새를 맡으면서 앞발로 긁어 댔다. 무언가 확실한 증거를 잡았을 때 취하는 행동이었다.

"당신을 마약 소지 혐의로 체포합니다! 당장 따라오시오!"

경비대원이 G 씨를 험상궂게 노려보며 외쳤다. 동시에 어디선가 공안 두 명이 나타나서 양쪽에서 그의 팔을 꽉 잡고 연행하였다. 주변에 있던 수많은 관광객이 일제히 놀란 표정으로 지켜보았다.

"잠, 잠깐만요! 뭔가 착오가 생긴 모양입니다. 이분은 대한민국 정부를 대표해서 중요한 세미나에 참석했다가 귀국하는 중입니다. 마약과는 전혀 관련이 없습니다. 비록 외교관 신분은 아니지만, 정중하게 대해 주십시오!"

옆에 있던 보좌관이 유창한 중국어로 경비대원들에게 다급하게 설명하였다. 그리고 손에 든 가방에서 관련 자료를 꺼내 보여 주었다.

"아, 그렇습니까? 하지만 보시다시피 마약 소지가 크게 의심이 되니, 조사를 받으셔야겠습니다. 두 분 다 따라오시지요."

어조는 조금 누그러졌지만, 표정과 태도는 여전히 완강하였다.

"허허! 아닌 밤중에 홍두깨라더니, 이런 개 같은 일이 다 있나, 쯧쯧쯧…."

졸지에 마약사범 누명을 쓴 G 씨는 조사실로 끌려가면서 혀를 끌끌 찼다. 아무리 생각해도 납득이 가지 않았다. 마약은커녕 담배조차 피우지 않는 자신이 이런 일을 당하다니, 너무도 어처구니가 없었다. 꼭 첩보영화의 한 장면 같았다. 마약 탐지견은 따라오면서 계속 확신에 찬 몸짓으로 킁킁거렸다.

"즉시 캐리어를 여시오!"

특별조사실 안으로 들어가자, 부하로부터 상황 보고를 받은 공안 책임자가 G 씨와 보좌관을 매섭게 쏘아보며 명령하였다. 몇몇 대원들은 만일의 사태에 대비해서 출입구를 막고 경계 태세를 갖추는 등 분위기가 몹시 살벌하였다.

"알았소! 하지만 마약이 발견되지 않으면 이런 무례하고 부당한 대우에 대해 결코 묵과하지 않겠소. 마땅히 응분의 책임을 져야 할 것이오!"

평소의 침착함을 되찾은 G 씨는 당당하게 대꾸하고는, 비밀번호를 맞춘 뒤 천천히 캐리어의 지퍼를 열었다. 특별한 물건은 하나도 없었고, 여러 벌의 옷가지와 몇 권의 책과 세면도구 같은 자질구레한 것들뿐이었다.

하지만 어찌 된 영문인지 마약 탐지견은 캐리어 제일 깊숙한 곳에 들어 있는 비닐봉지 하나를 끄집어낸 뒤, 그것을 물고는 흥분해서 날뛰며 어찌할 바를 몰랐다. 담당 대원이 아무리 어르고 달래도 소용이 없었다.

"저 비닐봉지를 열어라!"

책임자가 부하들에게 추상같이 명령했다.

"잠깐만! 저 봉투는 제발 열지 마시오. 부탁이오!"

G 씨가 당황한 표정으로 손을 내저으며 다급하게 외쳤다.

"열지 말라니, 도대체 그 이유가 무엇이오? 무슨 희귀한 보물이라도 들었단 말이오? 흐흐흐!"

책임자가 득의만만한 표정을 지으며 능글맞게 웃었다.

"아주 사적이고도 창피한 물건이라서, 차라리 안 보는 게 나을 거요."

그가 애원하다시피 말했다.

"그래요? 하지만 우리 공항에서 가장 영리한 마약 탐지견이 저토록 좋아서 날뛰는 걸 보니 뭔가 중요한 것이 들어 있는 것 같은데, 선생은 그렇게 생각하지 않소?"

"저, 그게 그러니까…."

"뭣들 하느냐. 빨리 열어라!"

즉시 부하 하나가 개가 물고 있는 비닐봉지를 빼앗아서 열었다. 그러고는 하나하나 조심스럽게 책임자의 책상 위에 펼쳐 놓았다. 그 안에서는 G 씨가 며칠 동안 입었다가 벗어 놓은 여러 개의 속옷과 와이셔츠, 양말 등이 쏟아져 나왔다. 세탁물 보관용 봉투였다.

"아, 아니, 이게 어찌 된 일이야…."

조금 전과 달리, 당혹감을 감추지 못한 책임자의 얼굴이 크게 일그러졌다.

"더 꼼꼼하게 살펴보아라!"

아무리 세탁물을 이리저리 까뒤집어 보아도 의심할 만한 것은 아무것도 나오지 않았다. 그 와중에 마약 탐지견은 재빨리 속옷 하나를 낚아채서 입에 물고는, 뭐가 그리 좋은지 꼬리를 마구 흔들며 계속 경중거렸다. 꼭 멀리 떠났다가 오랜만에 돌아온 가장의 양말을 물고 좋아하는 애완견의 모습 같았다.

"이럴 리가 없는데… 이럴 리가 없는데…."

책임자는 벌게진 얼굴로 고개를 계속 갸우뚱거렸다.

"자, 이제 됐습니까? 그럼, 탑승 시간이 촉박하니 빨리 보내 주시오!"

G 씨는 무척 화가 났지만, 그래도 누명을 벗어서 홀가분한 마음으로 소리쳤다.

"네, 잘 알겠습니다. 선생님! 정말로 죄송합니다. 저희도 이런 경우는 처음입니다. 대단히 죄송합니다!"

책임자는 낭패한 표정으로 연신 허리를 숙여 사죄했다. 그리고 부하들에게 출국 심사대까지 정중하게 모시라고 지시했다.

"거, 보아하니 개 훈련을 한참 더 시켜야겠소, 헛헛헛!"

개가 물고 있는 속옷을 간신히 빼앗아서 다시 봉투에 집어넣고, 캐리어의 지퍼를 잠그면서 그가 허탈하게 웃었다.

"정말로 면목이 없습니다."

책임자가 다시 한 번 고개를 숙였다.

"컹컹! 컹컹!"

그가 보좌관과 함께 특별조사실을 빠져나오는데, 잘생긴 리트리버종 마약 탐지견이 등 뒤에서 구슬프게 울부짖었다. 그와의 작별을 무척이나 안타까워하고 슬퍼하고 있음이 분명했다.

그날 이후, G 씨는 무시로 악몽에 시달렸다. 상하이 공항에서 만난 개가 자신을 잡아먹을 것처럼 덮치는 꿈이었다. 가위눌릴 때마다 아무리 떨쳐 버리려 해도 징그럽게 달려들었다.

꿈속에서 개는 매번 애절한 목소리로 외쳤다.

"나는 당신을 너무나 잘 알아요. 누가 가르쳐 주지 않아도 본능적으로 알 수 있어요. 당신은 영원한 우리 편이에요. 당신에게서는 그리운 조상님의 냄새가 진하게 나요. 냄새가 조금씩 나는 인간들은 도처에 널려 있지만, 당신처럼 진하고 향기로운 경우는 정말 드물어요. 그 냄새가 황홀하도록 좋아요. 조상님을 닮은 당신을 존경해요. 사랑해요!"

아버지의 어긋난 해방

 태어나 보니 나라가 망한 지 10년이 넘었다. 3·1 운동이 총칼로 진압된 이후, 사람들의 얼굴에는 열패감이 더욱 짙게 배어 있었다. 검정 제복을 입고 긴 칼을 찬 일본인 순사가 멀리서 나타나기만 하면, 다들 죄인처럼 고개를 숙이고 피하기 일쑤였다.
 지독하게 가난하고 세상 물정에 어두운 농촌에서 태어난 것은 이중의 굴레였다. 그저 하루에 한 끼라도 입에 풀칠하는 것만이 지상 과제였다. 온종일 들로 산으로 싸돌아다니면서 먹을 만한 것을 찾았지만, 늘 배가 고팠다. 집성촌인 마을 전체가 가난했기 때문에 상대적 박탈감 같은 것도 없었다.
 오래전에 몰락한 양반의 후손들에게 가난은 피할 수

없는 숙명이었다. 조선조 중반에 터진 사화에 연루되어 풍비박산된 이후로, 다시는 집안이 일어나지 못했다. 대대로 숨겨 온 족보는 자부심의 원천이라기보다 커다란 장애물이었다. 신분을 숨기고 먼 곳으로 머슴살이하러 떠나기도 했다.

어려운 가정 형편 때문에 큰아버지만 간신히 보통학교를 다녔다. 그래도 아버지는 아침마다 학교에 함께 갔다. 큰아버지가 교실에서 공부하는 동안, 아버지는 큰아버지의 신발을 가지고 운동장에서 혼자 놀았다. 다 떨어진 검정 고무신으로 멋진 자동차도 만들고 기차도 만들면서 할아버지가 가셨다는 만주도 가고, 하얼빈에도 갔다.

할아버지는 장사하는 친구를 도와 머나먼 북쪽 지방까지 다녀오곤 했다. 그러다가 비적 떼를 만나 죽을 고비를 넘기기도 했고, 독립군 첩자로 오인을 받아 일본군에게 끌려가 고초를 겪기도 했고, 낯선 이국땅에서 사기를 당해 가진 걸 몽땅 잃고 오도 가도 못한 적도 있었다고 했다. 만주에서 용감하게 싸우고 있는 독립군들 얘기도 은밀하게 나누곤 했다.

어른들 틈에 끼어서 이런 흥미진진한 얘기를 들을 때

마다, 어린 아버지는 가슴이 터질 듯 두근거렸다. 때로는 눈물을 글썽이며 두 주먹을 불끈 쥐기도 했다. 말만 들어도 가슴이 시원하게 뻥 뚫리는 그곳을 멋진 해방구로 상상하며 막연히 탈출을 꿈꾸었다.

전국적으로 농촌 계몽 운동이 한창이었다. 이광수의 《흙》과 심훈의 《상록수》에 심취한 젊은 학생들은 농촌으로 내려가서 문맹퇴치와 생활개선에 힘쓰는 한편, 민족의식을 고취했다. 아버지도 밤마다 야학에 가서 열심히 배웠다. 비로소 한글의 소중함을 절실하게 느꼈다. 그때 만난 천사처럼 예쁜 여선생님은 평생토록 가슴에 남았다.

남달리 소심하고 내성적인 데다 예민했던 아버지는 낮에는 일본인이 운영하는 읍내 서점에서 점원으로 일하고, 밤에는 독학으로 열심히 공부했다. 책도 닥치는 대로 읽었다. 시간 날 때마다 김소월의 시들을 암송하며, 무엇 하나 마음대로 해볼 수 없는 식민지 청년의 비애와 울분을 속으로 조용히 달랬다.

아버지는 김소월의 〈진달래꽃〉을 사랑했다. 눈을 지그시 감고 그 시를 암송하고 있노라면, 어느덧 자신이 떠나가는 님의 발 아래 사뿐히 즈려밟히고 있는 한 다발 진달래꽃처럼 느껴지곤 했다. 자신을 짓밟고 떠나가는 님은 은근히 마음에 두고 있던 이웃 마을 처녀이기도 했고, 깜찍하고 발랄한 서점 주인 딸이기도 했고, 한 치 앞도 알 수 없는 자신의 서글픈 운명이기도 했다.

그러던 어느 순간 자연스럽게 깨달았다. 〈진달래꽃〉이 겉으로는 이별의 정한을 노래한 애절한 시처럼 보이지만, 자세히 들여다보면 일제에 맞서 목숨을 걸고 싸우고 있는 독립 투사들의 비장하고 결기에 찬 시라는 사실을! 비로소 불우한 시대를 살다가 요절한 천재 시인 김소월의 속마음을 조금이나마 알 것 같았다.

'오, 한마음 한뜻으로 굳게 뭉쳐서 싸우던 동지가 변심해서 떠나간다면, 구차하게 붙잡거나 회유하지 않고 고이 보내 주리라. 더 이상 무슨 말을 하랴. 그저 뒷산에 핏빛으로 흐드러지게 피어 있는 진달래꽃이나 한아름 따다가 말없이 발 아래 깔아 주리라. 가고 싶으면 가거라. 말리지 않으마. 하지만 그 진달래꽃을 매정하게 짓밟고 떠나간다면, 아무리 피로써 맹세한 동지였을지라도 가차 없이 처단하여 진달래꽃 보기에 부끄럽지 않게 하리라.

그리고 절대로 슬퍼하거나 눈물을 흘리지 않으리라…'

일제가 태평양전쟁을 시작하면서 시대는 더욱 암울하고 험악해졌다. 할아버지는 더 이상 북쪽 지방으로 가지 못했다. 만주에서 간간이 들려오던 독립군들의 얘기도 전혀 들을 수 없었다. 집집마다 놋쇠로 된 밥그릇과 숟가락마저 공출로 빼앗기는 바람에 쪼들리던 살림살이가 더욱 궁핍해졌다.

이웃 마을 처녀는 버티고 버티다가 끝내 일본군 위안부로 끌려갔다. 처녀 부모의 통곡 소리가 몇 날 며칠 동안이나 하늘을 찢었다. 남몰래 사모했지만, 말 한마디 건네 보지도 못한 아버지는 김소월의 〈초혼〉을 읊조리며 두고두고 아픈 마음을 달랬다.

그런 와중에 민족문학가로 널리 존경받던 춘원 이광수가 창씨개명을 하고 친일파로 변절하였다. 그 소식을 들은 아버지는 애지중지하던 그의 책들을 모두 마당에 모아 놓고 불을 싸질렀다. 그리고 시시각각 다가오는 강제징집을 면하기 위해서, 할아버지의 기지로 머리를 깎고 깊은 산속의 절로 들어가 숨었다. 그 어디서도 희망의 불빛이라고는 찾아볼 수가 없었다. 불목하니 생활을 하면서 귀동냥한 반야심경 한 구절이 그나마 마음의 위안이 되었다.

'색즉시공이요, 공즉시색이라! 우주 만물이 본디 허공에서 태어나서 허공으로 사라지는 것이니, 덧없는 세상에 미련을 가져 봐야 무슨 소용이리오…'

그러던 어느 날, 기적과도 같이 해방이 찾아왔다. 뒤늦게 그 소식을 접한 아버지는 불목하니 행색을 한 채 집으로 달려왔다. 그리고 불화살을 맞은 황소처럼 흥분해서 동네방네 날뛰며, 즉시 만주로 독립운동 하러 떠나겠다고 폭탄선언을 했다.

"지금도 늦지 않았시유! 만주로 가서 독립운동을 해야겠시유!"

할아버지는 하도 어이가 없어서 헛웃음을 터뜨렸다.

"허허, 이미 일본 놈들이 패망해서 나라가 독립이 됐는디, 시방 그기 무슨 귀신 씨나락 까먹는 소리냐?"

아버지는 뜻을 굽히지 않았다.

"알아유. 하지만 일본 놈들이 어디 하루아침에 싹 없

어지겠시유? 그동안 저도 독립운동을 하고 싶은 마음이 굴뚝같았지만, 여건이 허락하지 않아 기회를 엿보다가 그만 때를 놓쳤구만유. 이제라도 가서 한풀이를 해야겠시유!"

"허허, 내가 만주를 여러 번 가봐서 아는디, 거긴 인자 파장여, 파장!"

"꼭 그런 것만은 아닐 것이구만유…."

"다 끝난 일이래두 그러는구나. 괜히 뒷북 치다 망신 당하지 말고 조신허게 있거라. 이제 해방이 됐으니께 여기서도 할 일이 태산처럼 많을 틴디, 만주는 무신 놈의 얼어죽을 만주! 늬가 거길 한 번이라도 가보기라도 혔냐?"

"……."

"그라고 말이 나온 김에 하는 말이지만, 독립운동도 아무나 하는 기 아니다. 늬 동생처럼 쌈박질도 잘하고 성질도 괄괄한 놈들이 하면 혔지, 너는 깜이 아니다! 사람이지 분수를 알아야지!"

할아버지의 엄한 꾸지람에도 아버지는 한동안 흥분해서 날뛰다가, 어느 틈엔가 슬며시 제풀에 주저앉았다.

그 후 아버지는 검정고시로 교원 자격 시험에 합격한

뒤, 교사를 천직으로 알고 평생을 교단에서 국어를 가르치는 평교사로 지냈다. 틈틈이 시도 썼지만, 발표는 거의 하지 못한 무명 시인이었다.

비록 성품이 조용하고 온화한 데다 겁이 많고 소심하여 늘 살얼음을 딛듯 세상을 살았지만, 내면 깊은 곳에서는 드넓은 만주 땅을 종횡무진 내달리며 일제와 맞서 싸운 김좌진 장군이나 홍범도 장군 못지않게 강한 애국심과 의협심이 들끓고 있었음이 틀림없었다.

해방 이후, 나라는 극도로 혼란스러웠다. 이승만 정권이 들어선 이후 양심적인 민족 지도자들이 줄줄이 암살당하고, 제주 4·3 사건을 시작으로 해서 6·25 전쟁 전후로 전국 곳곳에서 수많은 양민이 학살될 때마다, 아버지는 운 좋게도 살아남았다. 그리고 한 번도 가보지 못한 만주 벌판을 떠올리며 길게 한숨을 내쉬곤 했다.

"아니, 아무리 정권욕에 눈이 멀었기로서니, 어떻게 이렇게 많은 죄 없는 백성들을 무참하게 죽일 수가 있단 말이냐. 일본 놈들이 저지른 만행보다 수십 배나 더 많은 사람을! 저런 놈이 어떻게 대통령이라고 뻔뻔하게 국민 앞에 나설 수 있나. 동포들이 피땀 흘려 보내 준 돈으로 미국에서 공부해 박사까지 됐다더니, 겨우 미국 놈의 앞잡이가 되어 돌아와서 제 나라 동포를 이렇게 마구 학살하려고 그랬단 말이더냐. 아, 만주에서 독립운동만 제대로 했더라도 우리가 이렇게까지 되지는 않았을 텐데…."

시골 학교 안팎에서도 보이지 않는 음모와 암투가 끊임없이 벌어졌다. 아버지는 그런 일하고는 아예 담을 쌓고, 해방된 조국에서 자라나는 아이들에게 국어와 시를 가르치는 일만을 유일한 기쁨으로 알고 살았다. 김소월의 시를 가르칠 때면, 몹시도 가난하고 초라했던 청춘 시절이 떠올라서 창밖을 바라보며 남몰래 눈물짓곤 했다.

살아남는 것조차 기적이었던 시대를 무사히 건너온 아버지는 자기 대신 희생된 수많은 사람들에게 늘 미안하고 고마운 마음을 지니고 살았다. 힘든 일이 생길 때면 뒤늦게 빠져든 퇴계와 율곡의 한문 저작들을 읽으며 위안을 얻곤 했다. 그리고 숨을 거두는 날까지 이승만 정권에 대항해서 투쟁하다 전쟁통에 북으로 간 막냇동생의 행방을 알 수 없어서, 아버지의 해방도 영원히 어긋난 채로 남았다.

옛날의 금잔디

 4월 중순의 캘리포니아는 무척 맑고 온화했다. 하늘은 투명할 정도로 푸르러서 구름도 거의 없었다. 한낮에는 더위를 느낄 정도로 햇살이 따가웠으나, 그늘에만 들어서면 제법 서늘했다. 아침저녁으로는 꽤 쌀쌀해서 두꺼운 옷을 껴입어야 했다. 새봄의 싱그러운 기운을 타고, 어디선가 막 피어난 오렌지 꽃향기가 은은하게 풍겨 오고 있었다. 하지만 머릿속에 먹구름이 잔뜩 낀 나는 몸도 마음도 납덩이처럼 무거웠다.

 "삼촌, 큰이모가 많이 위독하세요!"

 보름 전쯤 미국에서 살고 있는 조카로부터 전화를 받는 순간, 어디선가 증기기관차 기적 소리가 요란하게 들려왔다. 어린 시절 그토록 가슴을 설레게 하던 기적 소리에 이어, 어느 화창한 여름날 아침이 수십 년의 세월을 뚫고 선명하게 떠올랐다. 그 영상은 이상한 주문처럼 하루 종일 머릿속을 맴돌았다.

큰누님이 수녀원으로 떠나던 날이었다. 어린 나는 졸린 눈을 비비며 다른 형제들과 함께 어머니 뒤를 따라서 기차역으로 배웅을 나갔다. 걸을 때마다 길가 풀더미에 내려앉은 물방울들이 계속 종아리를 차갑게 적셔 왔다. 막 비치기 시작한 햇살을 받아서, 진한 보랏빛 나팔꽃에 매달린 아침 이슬이 유난히 영롱하게 반짝였다.

아무도 말하지 않았다. 누님과 영원한 작별이라도 하는 양 다들 고개를 푹 숙이고 걸었다. 한편으로는 평소 무섭게 군림하던 큰누님으로부터 놓여난다는 해방감도 슬며시 찾아왔다. 너나없이 가난하고 모든 것이 남루했던 시골의 작은 마을, 변변한 라디오 하나 없어서 세상 물정에 유독 깜깜한 데다, 무심코 유행가 한 구절을 따라 부르기만 해도 불호령이 떨어질 정도로 숨 막힐 듯 답답하기만 했던 집안에서 큰누님이 느꼈을 절망감 따위는 전혀 알 턱이 없었다. 당시 누님에게는 아마도 수녀원만이

유일한 희망이자 탈출구였으리라.

　기차를 기다리는 동안, 조그만 시골 역사는 어머니와 누님의 흐느낌으로 가득 찼다. 우리도 어깨를 조금씩 들썩이며 눈물을 훔쳤다. 대합실에 앉아 있던 여행객들이 이상한 눈초리로 자꾸만 우리를 흘끔거렸다. 창피해서 얼굴이 빨개진 나는 짐짓 남남인 척하며 조금 떨어진 곳에 서서, 그 어색한 시간이 어서 빨리 지나가기만을 기다렸다.

　이윽고 기차가 도착하고, 플랫폼까지 따라 나간 우리는 모두 울면서 작별을 고했다. 커다란 가방 두 개를 든 누님이 눈물로 범벅이 된 얼굴에 애써 미소를 지으며 기차를 타고 떠나자, 어머니는 플랫폼 바닥에 주저앉아 통곡하셨다. 난생처음 들어 보는 어머니의 애끓는 통곡 소리는 사라진 기적 소리를 따라 오랫동안 길게 퍼져 나갔다….

　부랴부랴 준비해서 미국에 도착해 보니, 누님은 위험한 고비를 가까스로 넘기고 평온을 되찾고 있었다. 하지만 노령에다 암 투병으로 수척해진 모습이 보기에 몹시 안쓰러웠다. 언제 어느 순간에 다시 위기가 닥칠지 가늠하기가 어려웠다. 그래도 모든 걸 내려놓고 포용하는 듯한, 특유의 애잔하면서도 포근한 미소만은 예전과 변함이 없었다. 죽음의 위기를 겪고 난 뒤라서 그런지 더욱 넉넉하고 숙연한 느낌마저 들었다.

오래전에 간호사로 미국에 이민을 간 누님은 동갑내기 미국 남자와 결혼해서 40여 년을 함께 살았다. 아이가 없어서 적적하긴 했지만, 각자 열심히 일하며 둘이서 행복한 세월을 보냈다. 키가 크고 영화배우처럼 잘생긴 매형은 너무 착해서 별명이 '순둥이'였다. 평생을 캘리포니아 주정부 공무원으로 일하다, 나이가 들어서 은퇴한 뒤로는 각종 봉사활동에 열심이었다. 특히 북한어린이돕기 운동에도 관심이 많아서, 부부가 함께 북한도 몇 차례 다녀왔다고 했다. 북한을 다녀온 뒤로 매형은 누님의 별명을 '여자 김정은'으로 정했다면서, 한참이나 유쾌하게 껄껄거리며 웃었다고 했다.

누님을 위로하러 간답시고 찾아갔지만, 막상 더 큰 위안을 받은 것은 오히려 나였다. 나이 차이가 15년이나 나는 누님은 틈만 나면 옛날에 있었던 일들을 미주알

고주알 얘기하면서, 내가 미처 알지 못했던 사실들이나 잊고 있었던 추억들, 그리고 잘못 알고 있었던 일들을 하나하나 일깨워 주었다. 그 바람에 오랫동안 가슴속에 의문으로 남아 있던 여러 가지 비밀과 상처들이 실타래 풀리듯 술술 풀려 나갔다.

가난한 집안의 여러 형제 중 맏이로 태어나서, 고생도 훨씬 많이 하고 이런저런 희생을 강요당하는 바람에 젊을 적엔 부모님 원망도 많이 했었는데, 나중에 나이가 들고 보니 그게 오히려 큰 축복이었다는 말에 나도 모르게 목이 메었다. 어릴 적부터 꿈이 나이팅게일 같은 간호사가 되는 것이었으며, 수녀원에 간 것도 사실은 거기서 가끔 보내 준다는 간호학교를 가려는 목적이 훨씬 더 컸었다는 얘기를 듣고는 새삼 눈시울이 뜨거워졌다.

집안일을 전혀 못 하는 누님을 대신해서, 평소 잘 알고 지내는 필리핀인 도우미가 찾아와서 이런저런 일을 했다. 나와 매형도 조금 도왔다. 나는 딱히 할 일도 없어서 집안을 어슬렁거리며 누님의 말상대 노릇도 하고, 함께 옛날 초등학교에서 배운 동요와 〈산 너머 남촌에는〉, 〈서울의

찬가〉, 〈스와니강〉, 〈메기의 추억〉 같은 노래를 부르며 잠시나마 동심으로 돌아가 시름을 잊곤 했다. 그리고 아침저녁으로 산책하러 나가는 매형을 따라서 이런저런 얘기를 떠듬떠듬 나누며 동네를 크게 한 바퀴 도는 게 고작이었다. 영화에서 자주 보았던 미국 중산층 주택가 한가운데를 매일 지나다니다 보니, 그네들의 다양하고 활동적이면서 자유로운 삶이 피부로나마 느껴졌다.

매형과 얘기를 나누던 중에, 우연히 베트남 전쟁에 관한 얘기가 나왔다. 최근에 글 쓰는 친구 하나가 베트남 참전용사에 대한 장편소설을 펴내서 화제가 됐는데, 작전 수행 중 어쩔 수 없이 민간인 학살을 저지른 주인공이 평생 트라우마에 갇혀 시달리다가, 말년에 가까스로 학살 장소를 찾아가서 용서를 빌고 화해를 청하는 내용이었다. 미국에서는 오래전에 많이 다룬 주제였지만, 한국에서는 그동안 제대로 조명조차 된 적이 거의 없는 실정이었다. 예나 지금이나 아무리 끔찍한 국가적 재난이 발생해도, 고통을 감당하는 것은 철저히 피해를 당한 개인의 몫이었다.

진지한 표정으로 얘기를 조용히 듣고 있던 매형이 일

어나서 서재로 가더니 빛바랜 사진 몇 장을 들고 나왔다. 사진 속에는 앳된 모습의 청년이 정글을 배경으로 총을 들고 서 있었다. 새파랗게 젊었던 시절의 매형이었다. 얼핏 보기에는 살짝 웃고 있는 것 같았지만, 자세히 들여다보니 겁에 잔뜩 질려 있는 게 역력했다. 국가의 징집 명령을 받은 그도 스무 살 조금 지났을 무렵에 베트남 전쟁에 전투병으로 참전했다고 했다.

　매형은 거기서 수많은 학살과 시체를 목격하였고, 죽을 고비도 숱하게 넘겼으며, 너무 무서워서 하루하루가 공포의 연속이었다고 했다. 난생처음으로 신을 찾으며, 만일 그 지옥에서 살아남는다면 평생을 남을 위해 살겠노라고 굳게 다짐했다고 했다. 기도 덕분인지 다행히 기적처럼 살아서 돌아오기는 했지만, 정말로 오랫동안 끔찍한 트라우마에 시달렸다고 고백했다. 그러면서 학살 현장을 다시 찾아가서 용서를 구하고 화해를 청한 소설 속의 주인공에게 무한한 공감과 경의를 표한다면서, 붉어진 눈가를 몇 번이나 훔쳤다.

미국에서의 시간은 따분하고 단조로우면서도 금방 지나갔다.

"동생, 부탁이 하나 있어…."

한국으로 출국하기 전날 밤, 주위를 물리친 누님이 한참이나 내 눈치를 보다가 어렵사리 말문을 열었다. 유언을 남기려는 것 같았다.

"그 인간을 찾아서, 내 말을 좀 전해 줘."

"……."

순간 나는 두 귀를 의심했다. 오래전에 죽었다고 해 놓고, 이제 와서 새삼스럽게 왜? 혹시 노망? 어쩌면 살아 있는 건 아닐까? 떠오르는 의문과 함께, 허우대가 멀쩡하고 능글맞게 생긴 한 사내의 얼굴이 자꾸만 눈앞에서 아른거렸다.

"그 인간이 누군지는 말을 안 해도 잘 알겠지?"

누님은 애써 미소를 지었다. 그 미소는 수십 년 동안 마음속에 켜켜이 쌓인 원망과 회한과 체념의 돌무더기를 어렵사리 뚫고 곱게 피어난 한 송이 노란 국화꽃이었다. 문득 가슴 밑바닥에서 뜨거운 것이 울컥하고 올라왔다.

수녀원에 들어간 누님은 하루하루 열심히 일하고 배우고 기도하며, 누구보다도 헌신적인 순종의 삶을 살았다. 매사에 너무나 엄격하고 까다롭고 딱딱한 분위기가 오히려 좋았다. 평생을 수녀로 살아도 좋을 것 같았다. 20대 중반의 순수하고 열정적인 마음을 몽땅 바쳐서, 평생을 오로지 하나님만을 섬기며 약자들을 위해 살겠노라고 굳게 결심했다. 머릿속에서는 벌써 먼 훗날 성녀가 된 자기 모습이 어른거리기도 했다.

그러나 그토록 원했던 수녀원에서의 생활도 여의치 않았다. 한 해 두 해 시간이 지날수록 실망과 불만이 점차 늘어만 갔다. 하찮은 일을 가지고 서로 시기하고 질투하거나, 남보다 더 인정을 받기 위해 치사하게 모함하는 등, 사람 사는 곳은 어디나 똑같았다. 특히 누님은 작은 시골 출신에다 세상 물정을 너무 모른다고 무시를 많이 당했다. 그럴수록 더욱 이를 악물고 참으며, 마음속에 품은 꿈을 굳게 다지곤 했다.

그러던 어느 날, 원장 수녀님이 누님을 불렀다. 무슨 큰 잘못이라도 했나 싶어서 걱정하며 갔더니, 느닷없이 간호학교에 가고 싶으냐고 물었다. 너무 기뻐서 목이 메어 말이 나오지 않았다. 대답을 못 하고 있으니까, 싫은 줄 알고 다른 사람을 부르려고 했다. 그제야 황급히 손을 내저으면서, 학교에 너무 가고 싶다고 소리쳤다. 그렇게 해서 늦게 어렵사리 간호학교에 들어간 누님은 그야말로 남들의 열 배 스무 배 노력하며 공부에 몰두했다. 그리고 무사히 졸업한 뒤로는 가톨릭 계열에 속한 큰 병원에서 일하게 되었다.

수녀이자 간호사로서 누님은 일단 꿈을 이루었다. 비록 일은 고되고, 간호사들끼리의 관계도 상상 이상으로 힘들고, 병원 내부 사정을 자세히 알고는 실망도 많이 했지만, 그래도 하루하루 행복하게 지냈다. 그렇게 바쁘게 지내던 30대 중반 어느 날, 난생처음으로 사랑이 찾아왔다. 허우대가 멀쩡하고 능글맞게 생긴 어느 남자 환자와 사랑에 빠진 것이었다. 누님은 미련 없이 수녀원을 나왔다. 그리고 남자의 꾀임에 빠져 함께 미국행을 감행했다. 당시 미국에서는 간호사가 부족해서 쉽게 이민을 갈 수 있었다. 하지만 남자는 미국에 도착하자마자 종적을 감추었다. 알고 보니 날건달인 데다 미국에 가려고 누님에게 의도적으로 접근한 것이었다. 그 후 10여 년간 누님은 이를 갈며 남자를 찾아다녔으나, 끝내 찾지 못했다. 그가 미국에서 적응하지 못하고 다시 한국으로 돌아갔다는 풍문만 들려올 뿐. 누님은 낯선 미국 땅에서 갖은 고생을 다 하면서도 다달이 봉급에서 절반을 떼어, 수녀원에 진 빚을 꼬박꼬박 갚았다. 그리고 착하고 순한 미국 남자를 만나 지금껏 평온하게 살아온 것이었다….

"그 인간이 아직 살아 있다면, 그래서 용케 만날 수 있다면, 다른 말은 할 것 없고 이 말만 꼭 전해 줘!"
"…무슨 말을 전할까요?"
"난 당신을 이미 오래전에 용서했다고, 그러니 더 이상 미안해하거나 죄책감 갖지 말고 맘 편히 살라고, 당신도 알고 보면 참 불쌍한 사람이라고…."
나는 누님의 작고 쪼글쪼글한 두 손을 꼭 잡았다. 그리고 말없이 고개를 끄덕였다.
그때, 누님이 가장 좋아하는 노래를 조용히 불렀다.
"옛날에 금잔디 동산에…."

제라늄 여인

축축하고 묵직한 흙덩이가 얼굴 위로 마구 쏟아졌다!

무지막지한 군부독재의 하수인들에게 끌려와서 생매장을 당하는 중이었다. 이유나 죄명 같은 건 전혀 알 수가 없었다. 아무리 몸부림쳐도 소용이 없었다. 흙이 잔뜩 쌓이자, 숨이 몹시 가빠 왔다. 언제 맡아도 정겹고 구수한 흙 속에서 죽음의 냄새가 물씬 풍겨 왔다.

– 아, 이럴 바에야 악독한 독재정권에 저항이나 제대로 한번 해볼걸….

때늦은 후회가 잠시 일었다가 사라졌다. 모든 걸 포기하자, 철든 뒤로 한 번도 찾아가 보지 못한 고향 뒷산에 묻히기라도 한 듯 마음이 편안해졌다. 의식이 가물가물하게 사라지려는 순간, 문득 한 여인과 짧고도 강렬했던 정분이 번개처럼 스치고 지나갔다.

 - 그래, 제라늄 꽃잎처럼 몸도 마음도 붉었던 여인!

갑자기 아랫도리가 불끈 솟더니, 몸 전체가 미사일처럼 무섭게 발기하였다. 그러고는 숨이 끊어지기 직전에 나타나는 오르가슴을 향해 가파르게 날아올랐다.

* * *

용산 미군 부대 근처의 조그만 술집. 카투사에 근무하는 친구 때문에 알게 된 곳으로, 제대 후 복학 때까지 할 일이 없어서 자주 드나들다가 그만 발목이 잡히고 말았다. 한·미 두 나라 사내의 마음을 멋대로 농락하는 불여우 같은 마담 때문이었다.

애간장을 몹시 태우던 연상의 마담에게 마침 수작을 거는 중이었다. 그동안 뻔질나게 드나들면서 말도 제대로 붙이지 못하고 헛물만 잔뜩 들이켰는데, 그날따라 어디서 그런 용기와 배짱이 생겼는지 몰랐다.

"마담, 이 불쌍한 늑대에게도 제발 사랑을 베푸소서!"
"사랑? 꿈 깨! 난 기부 천사가 아니야."

"마담이 천사가 아니면, 대체 누가 천사란 말이오?"

"난 너처럼 못된 늑대를 감시하는 외로운 양치기야."

"외로운 양치기와 불쌍한 늑대는 사랑을 하면 안 되나요?"

"꿈 깨라니까! 그런 이솝 우화에도 안 나오는 엉터리 얘기는 하덜 말고."

"나도 이제 양치기를 따라다니는 셰퍼드가 되고 싶어요."

"호호호! 어디서 개수작이야!"

"당신은 망가진 이 세상에서 천국으로 가는 유일한 문이에요!"

"이건 또 무슨 개똥 같은 구라야?"

"진심이에요. 믿거나 말거나 당신을 처음 본 순간, 눈앞에서 천국의 문이 활짝 열리는 것 같았어요."

"호호호! 신성한 천국의 문이 설마 나처럼 야하게 생겼을라고?"

"아니에요. 당신이 천국의 문보다 훨씬 더 예쁠 거예요."

"정말?"

"그럼요, 그럼요! 천국으로 가는 당신의 어두운 하이웨이를 죽을 때까지 달려 보고 싶어요!"

"호호호! 내가 무슨 '호텔 캘리포니아'인 줄 알아?"

"나도 알아요. '호텔 캘리포니아'는 이 세상 어디에도 없다는 걸. 그래서 다들 더욱 기를 쓰고 찾아 나선다는 걸…."

"시인 지망생이라더니, 보기보단 입담이 쎄네? 좋아! 근데, 내 애인이 아주 잘생기고 힘도 무척 센 미군 장교라는 건 알고나 있나?"

"물론 알고 있지요. 하지만 까짓것 한판 붙어도 겁날 거 없어요. 그 친구는 잃을 게 넘쳐나겠지만, 난 가진 게 쥐뿔도 없으니까."

"어쭈구리! 배짱도 제법인데?"

"배짱뿐인 줄 아세요? 거시기도 단연 금메달감인데, 올림픽 종목이 없어서 아무도 알아주질 않네요."

"호호호! 어디서 또 개수작이야. 작은 고추가 맵다, 뭐 그런 말이야?"

"맵다마다요. 그리고 신토불이라고, 우리 몸에는 우리 것이 좋아요."

"신토불이? 호호호, 너무 웃긴다! 그렇다면 언제 한번 검증이나 해볼까나? 대신 날 절대 실망시키면 안 돼. 미군을 이길 수 없다면, 최소한 비기기라도 해야 해. 알겠어?"

"그거야 누워서 식은 죽 먹기지요. 마담이 힘 좋은 미군들을 좋아하는 건 아는데, 겉만 번드르르한 미국 놈들은 나한테 상대가 안 돼요."

"호호, 뭔 자신감?"

"이래 봬도 육군 땅개로 삼 년간 철책선 부근의 야산을 밤낮으로 오르내리며 돌멩이처럼 단련했으니까요, 흐흐흐!"

"아니, 근데 얘가 벌써 왜 이렇게 성을 내고 난리야? 좀 얌전히 있어. 이 말썽쟁이 녀석! 이 말썽쟁이 녀석!"

"아이고, 제발 그렇게 때리지 좀 말아요. 얜 절대 말썽쟁이 아니에요. 착하고 정직한 '어니스트 존'의 친구예요."

"어니스트 존? 그게 누구야?"

"미국에서 세계 최초로 개발한 소형 핵탄두 로켓포인데, 1958년에 우리나라에 들어왔으니까 58년 개띠와 동갑내기네요, 후후후!"

"……."

김 혁

"이름 그대로 걔는 언제 어디서나 지시하는 대로 정직하게 타격할 만반의 준비가 되어 있지요. 우리나라 사람들은 그런 게 수백 기가 있는 줄도 모르고, 그 위에서 태평하게 뒹굴며 잘들 살고 있고요."

"음…, 근데 얘가 어째서 '어니스트 존'의 친구야?"

"말했잖아요. 동갑내기라고. 멀리서 이렇게 귀한 손님이 찾아왔는데, 그냥 모른 척하고 있으면 예의가 아니지요. 그래서 나만이라도 그의 친구가 되어 주기로 했지요."

"참말로 오지랖도 오지게 넓네."

"선수끼리는 서로 알아보는 법이니까요, 히히히!"

"지랄! 그래도 그 얘기를 들으니까 너무, 너무 흥분된다!"

"특히 '어니스트 존'은 우리하고 인연이 참 많아요. 해방 후 미군정 책임자였던 하지 중장이 미국으로 귀국한 뒤, 개발 책임자가 되어 만든 것이니까요."

"난 그딴 거에는 관심 없고…."

그날 이후, 황진이의 후예를 자처하는 미모의 까칠한 마담을 사이에 두고 '한국과 미국 간의 지극히 사적이고 남세스러우면서도 치열한 로켓포 싸움'이 은밀하게 벌어졌다. 국가의 존망이 걸린 중차대한 전쟁은 아니었지만, 어쩌면 그보다 더 크고 중요한 자존심이 걸린 한판 대결이라고도 할 수 있었다.

무기의 크기와 성능, 그리고 위력에서는 현역 미군 장교가 단연 우세했다. 특히 달러를 앞세운 막강한 공세 앞에서, 가진 거라곤 달랑 거시기 두 쪽과 능글맞은 입담밖에 없는, 시인을 꿈꾸는 가난한 복학생은 상대가 되지 않았다. 누가 보더라도 싸움은 곧 싱겁게 끝날 것처럼 보였다.

하지만 동서고금의 예를 보건대, 전쟁은 결코 무기의 크기와 숫자로만 결판이 나는 건 아니었다. 당시 미군이 베트남 전쟁에서 치욕적인 패배를 당했듯이, 싸움에서는 이기고자 하는 강인한 투쟁 의지와 불굴의 정신력, 그리고 지형지물을 잘 활용한 작전이 훨씬 더 중요했다.

이번 전쟁에서도 상대는 자신의 힘을 믿고 직구만 던지는 단순한 투수와도 같았다. 그래도 워낙 공이 무겁고 빨라서 쉽게 공략할 수가 없었다. 반면에 기교를 앞세운 작은 고추는 상하좌우로 낙차가 큰 커브를 구사하는 작전을 폈다. 그때그때 변화구로 스트라이크 존 구석구석을 절묘하게 찌르며, 전혀 예상치 못한 지점을 깊숙이 파고들었다. 그리고 시간을 최대한 끌면서 매서운 맛을 유감없이 발휘하였다.

포수이자 심판 역할을 동시에 겸하고 있는 마담을 사이에 두고, 한동안 일진일퇴의 공방전이 치열하게 벌어졌다. 얄밉도록 도도하고 까칠하고 빤질빤질한 마담은 결코 어느 한쪽의 손을 쉽게 들어 주지 않았다. 그럴수록 긴장감은 점점 더 높아져 갔다. 마침내 마담의 수상쩍은 행실에 의심을 품은 미군 장교가 술집에 매일 나타나면서, 사태는 전혀 예측할 수 없는 방향으로 흘러갔다.

미군 장교는 초저녁부터 구석에 죽치고 앉아서, 술집을 드나드는 모든 손님의 일거수일투족을 감시했다. 가끔 술김에 마담에게 치근대는 손님과 말다툼을 심하게 벌이기도 했다. 곧 무슨 심각한 사건이라도 터질 것 같았다. 자신을 쏘아보는 눈길이 너무 매서워서, 힘없는 복학생은 죽는 시늉 하며 최대한 몸을 사렸다. 자주 찾아갈 수도 없었다.

그 바람에 은밀하게 벌어지던 '한국과 미국 간의 지극히 사적이고 남세스러우면서도 치열한 로켓포 싸움'은 잠시 소강상태로 접어들었다. 하지만 긴장감과 위험은 더욱 커졌다. 작은 불씨 하나만 잘못 떨어져도 걷잡을 수 없는 폭발 사고로 이어질 것 같았다. 일촉즉발의 급박한 분위기는 그러나 미군 장교가 본국으로 발령을 받아 귀국하고, 마담도 함께 따라 미국으로 떠남으로써 싱겁게 끝나고 말았다.

잘 있어요! 난 '어니스트 존'의 고향인 미국으로 떠나요. 혼자 남아서 신토불이 사업 열심히 하세요. 틀림없이 잘될 거예요. 참, 당신은 낙차 큰 커브와 절묘한 변화구만이 살 길이니까, 꼭 명심하고 더욱 열심히 실력을 키우기를 바라요. 그럼, 앞날에 무궁한 행운을!

– 갓 뎀!

마담이 남긴 짧은 메모가 두고두고 가슴을 찔렀다. 그녀의 값싼 노리갯감은 아니었을까 하는 생각에, 한동안 엄청난 자괴감이 밀려들었다. 하지만 나중에야 비로소 마담의 진심을 조금이나마 깨달을 수 있었다. 가난하고 별 볼 일 없는 복학생에게 특별히 은혜를 베푼 이유가, 미군

들을 상대하면서 겪은 견딜 수 없는 모멸감과 열등감 그리고 소외감을 나름대로 해소하려는 눈물겨운 몸부림이었다는 것을….

* * *

눈을 뜨자 방 안이었다!

안도의 한숨이 절로 나왔다. 둘러보니 머리맡 낮은 탁자 위에 놓아 두었던 제라늄 화분이 쓰러져 뒹굴고 있었다. 얼굴 여기저기에 흙가루가 묻어 있고, 빨간 제라늄 꽃잎 두어 장이 입술에 붙어 있었다.

어제 모처럼 옛 친구들을 만나서 밤늦게까지 술을 마시며, 미친 윤석열 일당의 시대착오적인 12·3 계엄령 선포에 대해 소리 높여 성토하다가, 돌아와서 창가에 있던 제라늄 화분을 들여놓고 잤는데, 꿈속에서 몸부림치는 바람에 쏟아진 모양이었다.

– 아, 제라늄 여인이 오랜만에 다녀갔구나….

문득 젊은 날의 회한을 닮은 길고 쓰라린 한숨과 함께, 뜨거운 눈물이 조용히 흘러내렸다.

하트 오브 골드 Heart of Gold

　할리우드에 있는 파라마운트 영화사 투어는 매우 흥미로웠다. 한 시대를 풍미했던 숱한 명화들과 스타들의 모습이 지난 추억들을 진하게 불러일으켰다. 거대한 부지 안에 막사 모양의 커다란 건물 수십 동이 나란히 줄지어 있고, 그 안에는 테마별로 온갖 세트장이 잘 갖추어져 있는데, 마치 수많은 영화 장면이 차곡차곡 쌓여 있는 것만 같았다. 말 그대로 꿈의 공장이었다.

　〈트루먼 쇼〉에서 주인공 짐 캐리를 외부로부터 격리하고, 마지막에 자신을 둘러싼 세계가 거대한 허구이자 사기임을 폭로하는 그 유명한 바다 장면은 넓은 주차장을 막아서 찍었다는데, 바닥에는 푸른색 페인트가 칠해져 있었다. 지금도 바다 장면을 찍을 때면, 종종 거기에 물을 가득 채워서 그럴듯하게 써먹는다고 했다. 어차피 영화는 허구를 통해서 진실을 만들어 내는 장치니까.

흥미진진하게 투어를 하던 도중에, 피곤해진 나는 〈포레스트 검프〉를 찍은 벤치에 앉아서 잠시 쉬다가 그만 깜빡 졸았다.

"친구야! 너한테 꼭 해줄 말이 있어."

고등학교 때 하숙방에서 함께 뒹굴며 친하게 지냈던 친구가 문득 찾아왔다.

"야! 이게 몇십 년 만이냐? 그동안 내가 널 얼마나 찾았다고…."

나는 반갑고도 원망스러운 마음으로 그를 끌어안았다.

"우리가 옛날에 틈만 나면 그토록 미친 듯이 불러 댔던 닐 영의 노래 〈하트 오브 골드〉 알지?"

"알다마다. 지금도 가끔 흥얼거릴 정도로 명곡이지. 특히 우리한테는…."

"근데 그때 우리가 크게 잘못 알았던 것이 있어."

"뭐가?"

"우린 그 노랠 부르면서, 나중에 돈 많이 벌어서 남부

럽지 않게 정말로 멋지게 살자고 다짐했었잖아?"

"그랬지. 황금 광맥을 찾는 광부처럼 세상에 숨어 있는 황금을 찾아다니자고 맹세했었지. 비록 빈털터리가 되어 늙어 가더라도…."

"나중에야 노래에 나오는 하트 오브 골드가, 순수한 마음을 가진 여인을 뜻한다는 걸 알았어. 노래 내용도 그런 여인을 찾다가 늙어 간다는 얘기고."

"나도 대충은 짐작하고 있었어. 살다 보니 자연스럽게 알게 되더라고…."

"그랬구나. 사실 난 대학을 졸업하고 큰 무역회사에 다니다가 과감하게 해외 무역에 뛰어든 뒤로 돈도 꽤 많이 벌었고, 전 세계를 돌아다니면서 온갖 사치와 방탕한 짓도 지겨울 만큼 해봤지."

"……."

"근데 진정한 행복은 그 어디에서도 찾을 수 없었어. 아니, 그럴수록 몸도 마음도 점점 더 황폐해져만 가더라고. 요즘 와서 돌이켜보니, 그 옛날 청운의 꿈을 품고 시골에서 올라와 너하고 하숙집에서 뒹굴며 그 노래를 부르던 때가 나한테는 진정한 〈하트 오브 골드〉의 시절이었어. 고마워…!"

짧은 순간에 스쳐 지나간 이상한 꿈이었다.

파라마운트 영화사 투어를 끝으로 할리우드 구경을 마치고, 옛날에 전설적인 배우 제임스 딘이 〈이유 없는 반항〉을 찍었고, 최근에는 〈라라랜드〉 영화를 찍었다는 그리피스 천문대에 올라서, LA 시내를 한눈에 내려다보며 멋진 선셋 풍경까지 감상하고 내려온 나는 다음날 귀국하였다.

그리고 며칠 후, 동창들 소식에 정통한 한 친구로부터 꿈에서 잠깐 보았던 친구가 얼마 전에 갑자기 세상을 떠났다는 비보를 전해 들었다. 사인은 심근경색이었다. 화들짝 놀라서 친구가 죽은 시점을 자세히 따져 물어 보니, 내가 〈포레스트 검프〉 벤치에 앉아서 깜빡 졸았던 바로 그때였다.

배명희

시간을 빌리는 사람
개새끼
아내의 바다

배명희

2006년 중앙 신인문학상 수상.
소설집 《와인의 눈물》, 《엄마의 정원》.
공저로 《소설로 읽는 한국환경생태사 2》, 미니픽션집 《혼자 괜찮아?》,
《내 이야기 어떻게 쓸까》, 《나를 안다고 하지 마세요》, 《휴가》,
《선녀와 회사원》, 《술집》 외 다수.

시간을 빌리는 사람

아버지가 돌아가신 지 한 달 남짓, 어머니를 위로하러 초밥을 사 들고 본가에 갔다. 담장에 붙여 자동차를 세우는데 쇳소리와 함께 대문이 철컹, 열렸다. 어머니가 차 소리를 듣고 마중 나오는 줄 알았다. 초밥 꾸러미를 들고 차에서 내리는데 남자가 대문을 나왔다. 처음 보는 사람이었다. 차 옆을 스치는 남자에게서 풀 냄새가 났다. 풀 향의 비누나 샴푸를 사용하는 모양이었다. 담장에 활짝 핀 능소화가 작별하듯 남자에게 몸을 흔들었다.

남자를 봤다는 사실을 어머니가 알면 안 될 것 같았다. 나는 도로 차에 올라 주황빛 능소화를 보며 한참을 앉아 있었다. 남자가 주택가 골목을 빠져나가고도 남을 시간이 되어서야 나는 대문을 열고 들어갔다. 어머니가 화들짝 놀라며 나를 맞이했다.

— 회사에 있을 시간에 웬일이야?

— 엄마랑 점심 먹으려고 왔지.

초밥 꾸러미를 눈높이까지 들어 올리니 어머니가 환하게 웃었다.

— 우리 아들 최고다.

어머니는 씩씩하게 엄지척하더니, 이내 눈치를 살폈다.

— 아버지가 돌아가신 지 얼마 안 됐는데, 내가 좀 지나치지? 반응도 습관인가 봐.

괜찮다는 말 대신, 나는 은은한 향기를 남기고 간 남자를 떠올렸다.

회사 일로 바쁜 아들이 점심시간을 쪼개 자신을 보러 온 것에 어머니는 기뻐했다. 어머니는 그런 사람이었다. 가벼운 칭찬에도 진심으로 감사해했고, 하찮은 선물에도 두 눈이 촉촉해졌다. 순수하고 선한 마음을 가진 어머니 덕에 아버지와 나는 행복했다. 내 아내 역시 따스하고 자상한 성품의 내 어머니를 자기 엄마보다 더 좋아했다.

나는 조금 급하게 초밥을 집어 먹었다. 맛있다 하면서도 어머니는 내가 내 몫을 다 먹는 동안 겨우 세 개를 없앴다. 어머니가 전기 포트에 물을 붓고 끓였다. 회사에 들어갈 시간이 빠듯했지만, 나는 뜨거운 차를 후후, 불어 마신 후 일어났다. 어머니가 대문까지 따라 나와 말했다.

– 슬픔을 추스를 시간은 너도 필요할 텐데, 자주 오지 않아도 괜찮아.

그 말을 듣는 순간 울컥, 슬픔이 올라왔다. 하지만 어머니가 무너질까 봐 내색할 수 없었다. 어머니가 보이지 않을 때까지 나는 입가에 미소가 사라지지 않게 애를 썼다.

차를 몰아 회사로 향하는데 나도 모르게 찔끔 눈물이 흘렀다. 좌회전 신호가 떨어져, 급하게 출발하며 중얼거렸다.

– 불쌍한 우리 아버지.

그날 이후에도 나는 장어덮밥과 죽, 파스타 같은 점심 도시락을 사 집엘 갔다. 너밖에 없다, 고 좋아하는 어머니도 어머니였지만 실은 남자가 더 궁금했다. 하지만 어머니에게 대놓고 물을 수는 없었다.

아버지가 안 계신 마당에 내가 무슨 생각 하는지. 어머니에게 남자가 생긴들 뭐가 문제란 말인가. 하지만 석연치 않은 감정이 가슴 밑바닥에 눌어붙었다. 대체 언제부터 그 남자와 알고 지냈으며, 날이 갈수록 뭘 하는 작자인지 알아야겠다는 의지가 강해졌다. 대체 그의 정체를 밝혀 어쩌겠다는 건지, 내가 생각해도 한심했다.

남자를 다시 본 것은 한 달 후였다. 그때와 같은 시간에 남자는 철컹, 소리 지르는 대문을 빠져나왔다. 포장해 간 냉면과 아직 따뜻한 만두를 조수석에 팽개치고 나는 차에서 내렸다. 남자는 빠르지도 느리지도 않은 속도로 걸었다. 남자를 따라가다 멈칫했다. 뭐라고 불러야 남자가 뒤돌아볼지 애매했다. 그를 지칭할 마땅한 호칭이 떠오르지 않았다. 보험설계사, 재산관리인, 친구나 정부? 아무도 아닐지 모른다. 정중하게 다가가도 의혹이라는 실례가 이미 전제되어 있었다. 하지만 더는 이런 식으로 어머니를 찾기는 싫었다. 경보 선수처럼 엉덩이를 씰룩이며 걸어 그를 따라잡았다.

방금 당신이 나온 그 집의 노부인이 내 어머니라고 밝히자, 남자는 크고 맑은 눈으로 잠시 나를 보았다. 자신에게 가해질 모욕이나 비난 혹은 과도한 호기심을 기다리는 표정은 아니었다. 그는 들판의 나무처럼, 여름 한낮 주택가 골목에 쏟아지는 볕처럼, 무연히 서 있었다. 내가 마구 발산하고 있는 억제된 감정의 정체를 관찰하면서.

막상 그와 코를 맞대고 서니, 당혹스러웠다. 어머니와 어떤 사이냐고 물으려던 내가 그렇게 유치할 수 없었다. 지금껏 받은 교육과 상식, 나를 빚어 온 자존과 허위 의식까지 모든 게 나를 공격했다. 이렇게 쉽게 내 바닥이 드러나고 말았다는 자괴감이 나를 마구 흔들었다.

그런 수렁에서 나를 건져 올린 것은 오랜 직장 생활로 다진 처세였다. 나는 재빨리 지갑에서 명함을 꺼냈다. 남자는 명함을 보고 대기업 영업부 차장님이군요. 어머니가 훌륭한 아드님을 두었다는 등의 겉치레 말도 하지 않았다. 남자는 자기 지갑에 내 명함을 넣더니, 대신 자기 명함을 꺼내 내게 주었다.

남자는 시간을 제공하고 보수를 받는 사람이었다. 나는 믿지 못하겠다는 말투로 한 시간도 가능하냐고 물었다. 남자가 상관없다고 대답했다. 내가 뭘 원하는지 묻지 않냐고 하자, 지금껏 자신이 할 수 없는 일을 원하는 손님은 없었다고 했다. 일주일 후로 그와 점심 약속을 잡았다. 식사 비용은 (당연히) 내가 부담하는 조건이었다.

운 좋게 유명한 맛집에 자리가 났다. 예약이 별을 따

는 만큼 어려운 식당이라 남자가 내 능력을 알아봐 주길 은근히 기대했다.

- 요즘 가장 핫한 곳이에요. 자리 잡기 힘든데 운이 좋았어요.

허세에 찬 자랑을 남자는 간단한 고갯짓으로 넘겼다. 남자의 반응이 미진해 나는 바람이 빠지는 풍선처럼 몰랑해졌다. 식사하며 분위기를 몰아 어머니와의 관계를 물으려던 계획은 뜻대로 되지 않았다. 남자는 적극적으로 내 말에 반응하며 나를 들뜨게 하지도 않았지만, 완전히 무시해 기분 상하게 하는 것도 아니었다.

나는 차츰 남자의 분위기에 끌려 가며 식사에 집중했다. 뜨거운 돌솥비빔밥을 그렇게 오랜 시간에 걸쳐 야무지게 먹은 것은 처음이었다. 이마에 땀이 송골송골 맺혔고, 나도 모르게 먹는 행위에 온 신경을 집중했다. 고명으로 얹은 각종 나물 맛이 제각각 달랐다. 버섯, 콩나물, 무나물과 시금치와 고사리와 달걀부침의 고소함까지. 남자도 만족한 눈치였다. 그가 맛있다고 한마디만 칭찬하면 나는 열 배 스무 배 맞장구치려고 기회를 노렸다. 하지만 식당을 나올 때까지, 나 혼자 북 치고 장구 치다가 김이 빠져

중얼거리다 이윽고 입을 다물었다. 남자는 처음과 다름없이 커다란 호수처럼 평온했다.

남자와 헤어져 회사로 가는 동안 마음이 차분히 정돈되었다. 그동안 회사 사람과 고객들과 먹은 점심과는 달랐다. 가족과 친한 친구와 즐겁게 한 식사와도 달랐다. 태어나 처음 진짜 밥을 먹은 느낌. 밥 한 알, 나물 한 가닥에 스민 맛까지 또렷이 기억났다.

내 말에 간단한 동조나 맞장구를 원할 때도 남자는 가벼운 깃털처럼 미미하게 반응했다. 나의 무한한 친절과 세심한 배려를 덤덤하게 받아들였다. 묘한 것은 다른 사람과 어울릴 때와 달리 그와의 시간이 조금도 피곤하지 않았다. 어머니와의 관계를 캐묻고자 한 사실조차 잊고 있었다. 사십 년 이상 나를 지탱한 인생이라는 나사가 헐거워진 느낌. 편한 잠옷을 입은 기분이었다.

영업 실적 때문에 매주 남자와 점심 먹는 것이 점점 어려워졌다. 고객 만날 일이 잦았고 영업 실적이 목을 조였다. 할 수 없이 퇴근 후, 남자와 만날 시간을 잡았다. 늦은 시간이라고 미안해하니, 직업이니 개의치 않는다고 했다. 우리는 와인이나 위스키 혹은 생맥주 두어 잔을 놓고 한

두 시간 말없이 앉아 있었다.

　남자가 내게 약간이라도 호응했다면 나는 꼭꼭 숨긴 마지막 고민까지 퍼냈을 텐데. 입에 침 튀기며 떠들다 문득 입 다물며 안도한 적도 있었다. 마음이 착하고 여린 사람이 말을 많이 하게 마련이었다. 상대를 많이 배려하는 사람이 상대가 어색한 시간을 가질까 봐 침묵을 몰아내려고 칼을 휘두르는 법이었다.

　남자가 말했다.

　- 세상에 꼭 해야 할 말이 얼마나 되겠어요? 말하다 보면 감정이 끓어올라 하지 않아도 될 말까지 깡그리 쏟아내죠. 상대는 열정적으로 떠드는 내가 기특하고 가여워 맞장구치고, 감정은 탁구공처럼 둘 사이를 오가며 몸집을 부풀리죠. 시작은 상대에 대한 배려와 친절이지만 그 끝은 하지 말아야 할 말을 해버렸다는 쓸쓸함과 허탈함으로 가득 찹니다. 비밀을, 감추고 싶은 치부를 눈치챘을 거라는 생각에 급격히 우울해져요. 친한 이를 피하기 시작하고, 더는 만나지 않게 되죠. 싸우지도 토라지지도 않고, 단지 속마음을 조금 넘치게 주고받은 것뿐인데 말입니다.

　남자는 그 지점에 착안해 시간을 빌려주는 일을 시작

했다고 했다.

　말이 없어도 편안한 만남. 상대의 말을 끌어내지 않는 사람. 무슨 말이라도 해야 할 것 같은 강박이 없는 시간.

　그를 찾는 사람이 점점 늘었다. 평일에 시간이 나지 않아 휴일에야 겨우 그를 만날 수 있었다. 그와 도심 둘레길을 걷고, 이따금 교외로 나가 전망 좋은 카페에 말없이 앉아 있었다. 침묵을 서양화처럼 빼곡 채우지 않아도 되고, 영혼 없이 맞장구치지 않아도 되는 그와의 시간이 좋았다. 복잡한 삶의 보너스 같은 날들이었다. 남자와는 공기처럼 익숙해졌다.

　나는 아직 묻지 못했다. 어머니와 그의 관계를. 언제부턴가 세상 쓸데없는 말이라는 생각이 들기 때문이다.

　퇴직하면 시간을 팔아 볼까? 내게 남자와 같은 내공이 있는지 모르지만, 나는 그런 생각을 해본다.

개새끼

누군가 거칠게 문을 두드렸다. 밤 10시. 아내는 자정이 넘어야 온다. 개가 짖고, 발로 차는 것처럼 문이 쾅, 쾅, 떨었다. 늦은 밤 사납게 방문하는 사람은 둘 중 하나다. 그는 발끝으로 걸어 현관으로 가 렌즈에 눈을 갖다 댔다. 예상과 달리 사채업자, 법원 집행관, 카드 대금 독촉자는 아니었다. 그는 안도하며 문을 열었다. 아랫집 남자는 개 짖는 소리가 너무 시끄럽다며 불평했다. 배가 나온 남자는 웬만하면 오지 않으려 했지만, 한 시간 이상 개가 짖는 바람에 다친 게 아닌지 걱정했는데, 다행이라며 예의 바르게 보이려고 애썼다. 개는 언제 짖어 댔냐는 듯 그의 발치에 얌전히 서 있었다.

– 배가 고픈 게 아닐까요?

아래층 남자는 개를 보며 웅얼거렸다.

그는 미안하다며 사과하고 문을 닫았다. 슬리퍼를 끌며 계단을 내려가는 소리가 들렸다. 그는 손가락을 머리카락 속에 넣고 두피를 감쌌다. 식은땀으로 손가락이 미끈거렸다. 이런 시각에 빚 독촉의 목적으로 방문하는 것은 법으로 금지되었다. 사실을 알지만, 거칠게 두드리는 문소리를 들을 때는 순간적으로 목이 조여 왔고, 심장이 쿵쾅댔다. 몸을 조여 오던 공포는 두통을 끌고 와 그의 자존심에 생채기를 냈다.

개는 아내가 출근한 후부터 짖었다. 배가 고픈 게 아니라, 누군가의 손길을 원하는 것 같았다. 그가 그런 것처럼 개도 외로운 것이다. 사료는 싱크대 맨 아래 서랍에 들어 있다. 서랍을 열기 위해 허리를 굽히자, 불꽃이 얼굴로 몰려들었다. 억눌렸던 공포와 분노가 치솟았다. 그는 굽혔던 허리를 일으키며 개를 걷어찼다. 단말마의 비명과 함께 개는 포물선을 그리며 날아가 바닥에 처박혔다.

이후 개는 걷지 못했다. 영문을 모르는 아내는 개를 동물병원에 데려갔다. 개의 뒷다리 관절이 어긋나 수술해야 한다고 했다. 늙은 개에게 흔히 나타나는 증상이고, 수술하면 나을 거라고 해서 그는 내심 안도했다. 개는 데이트 할 때 아내에게 준 선물이었다. 아내는 명품백을 받을 때보다 더 기뻐했다. 믹스견인데도 말이다. 그보다 열 살이나 어린 아내는 세상의 티끌이라고는 묻지 않은 순수함, 그 자체였다. 그의 말은 무엇이든 수긍했다. 정리해고를 당해도, 실업 급여가 끊겨도, 취업에 번번이 실패해도 아내는 미간 한번 찌푸리지 않았다.

한때 그는 중견기업의 중간 간부였고, 은행은 그에게 너그러웠다. 주식은 날마다 고공행진이었고, 몇 번만 튀기면 은행 빚 갚는 건 식은 죽 떠먹기로 보였다. 세상의 모든 햇살이 그의 가슴팍으로 쏟아지는 나날이었다. 아내에게 보석과 시계를 선물했고, 명품 옷을 사주었다. 서른 초반의 아내는 세련된 품격이 있었다. 그는 아내를 소유물로 생각하는 시대착오적인 속물은 아니었다. 그런 생각을 한다는 것 자체를 부끄럽게 생각할 지성이 있었다. 하지만 마음 깊은 곳에는 기쁨이 들끓었다. 아름다운 아내를 소유한다는 생각에. 자신의 옳지 못한 생각을 아내가 눈치챌까 봐 늘 조심했다. 10년의 세월은 그에게도 교양 있는 시민의 태도를 선사했다. 아르바이트와 학자금 대출 상환으로 허덕이던 청춘과는 완벽하게 결별했다. 모든 게 아내 덕이었다. 개천 출신의 지질한 인간에게 내린 인생의 축복.

구직 사이트를 검색하다가 개에게 약 먹일 시간이 지난 것을 깨달았다. 개는 아내의 방 침대에 누워 있었다. 그가 다가가자 개는 벽을 향해 고개를 돌려 그를 외면했다. 뒷다리 관절이 잘못된 것은 노화가 아니라 그의 발길질 때문이니 당연했다. 그는 침대에 걸터앉아 사과의 의미로 등을 쓰다듬었다. 개가 움찔, 몸을 떨었다. 두려운 것일까? 숟가락에 개어 온 약을 먹이기 위해 그는 나머지 한 손으로 개의 턱을 들었다. 순간 개가 그의 손을 물었다. 놀라 손을 뿌리치는 바람에 약 숟가락을 떨어뜨렸다. 개의 등과 이불에 분홍색 액체가 점점이 뿌려졌다. 그동안 참아 온 분노가 치밀었다. 개는 그와 아내 사이에 누워 잤다. 무게가 10킬로 가까운 개가 차지하는 면적은 생각보다 넓었다. 한동안은 셋이 나란히 누워 잤다. 어느 날, 자다 깨니 아내가 바닥에 새우처럼 웅크린 채 자고 있었다. 잠결에 개를 덮칠까, 걱정되어 침대에서 잘 수 없다고 했다. 그는 아내를 안아 침대에 눕혔다. 개는 코까지 골며 달게 잤다. 그는 작은 방으로 조용히 물러갔다. 개를 걷지 못하게 만들었기 때문에 어쩔 수 없다고 생각했다. 아내를 적진에 남기고 도망가는 패잔병처럼 비참했다.

– 모든 게 너 때문이야.

개의 목은 부드러웠다. 아무리 눌러도 모가지는 바닥에 닿지 않는 수렁 같았다. 목뼈가 손바닥에 느껴졌을 때, 개가 앞발을 휘둘러 그의 얼굴을 때렸다. 순간적으로 눈을 감았다. 감지 않았다면 수정체가 개 발톱에 찢어졌을 것이다. 눈에서 턱까지 일직선으로 가해진 공격에 그는 분노로 타올랐다. 주먹을 쥐고 복싱하듯 팔을 뻗었다. 개의 얼굴과 등, 분홍빛 옆구리와 아파서 걷지 못하는 뒷다리까지 사정없이 주먹을 휘둘렀다. 개는 비통하게 울부짖었다. 이러다가 죽겠다는 생각이 들었는지 개는 앞발과 날카로운 이빨로 그를 공격했다. 그의 주먹을 물어뜯었고, 발톱으로 팔과 얼굴을 할퀴었다. 순백색 이불 위에 점액질의 끈적한 침과 거품 섞인 붉은 피가 뿌려졌다. 개의 비명과 그의 거친 숨소리가 방을 가득 채웠다. 개의 이빨 모양으로 점점이 피가 배어 나온 그의 주먹이 정통으로 개의 얼굴을 강타했다. 퍽, 하는 소리와 함께 개는 외

마디 비명을 지르며 침대 위로 머리를 떨어뜨렸다. 그는 가쁜 숨을 몰아쉬며 개를 노려보았다.

— 건방지게, 누가 주인인지 잊었어?

개의 눈에서 한 줄기 눈물이 흘렀다. 그제야 움직이지도 못하는 동물을 상대로 주먹을 휘둘렀다는 사실을 깨닫고 그는 화들짝 놀랐다.

자기도 모르게 한 발 뒤로 물러났다. 안방을 나와 그는 복도를 거쳐 단숨에 작은 방으로 달려갔다. 자신이 밑바닥을 보였다는 사실이 당황스러웠다. 학식이 높지 않지만 적어도, 인생을 이해하는 인간이라는 자부심은 있었다. 하지만 지금, 모든 게 허물어졌고, 다시는 일어설 수 없다는 예감이 들었다. 아내가 없으면 생존할 수 없는 개와 자신이 다를 게 없다는 사실이 뼈아팠다.

담배 생각이 났다. 아내를 만난 뒤로 끊은 터라 담배가 있을 리 없다. 창문을 열어젖혔다. 칠흑같이 어두웠고, 비가 내리고 있었다. 개는 아내의 기쁨이었다. 아내가 밤에 출근하는 이유는 순전히 개새끼 때문이었다. 뒷다리 수술에 몇백이 든다고 했다. 실직이 길어지자, 아내의 패물과 명품백은 은행 대출 이자로 바뀌었다. 실직은 인터넷을 통해 은행에 즉각 알려진 모양이었다. 직장이 있을 때는 돈 빌려 가라고 매일 전화를 해대던 은행이 실직한 지 몇 달 되지도 않았을 때부터 이자와 원금을 상환하라고 독촉했다. 집은 팔리지 않았다. 팔린다 해도 빌린 대출금도 갚지 못할 정도로 집값이 하락했다. 한껏 부풀었던 거품이 꺼진 대가는 혹독했다. 사면초가라는 말을 이럴 때 써도 되는지 모르겠다. 우아하고, 품격 있는 아내가 언제까지 노래방에서 카운터를 볼 수 있을지 모르겠다. 그는 아내를 구하려 주식도 하고 코인도 했다. 그가 무언가 할수록 아내의 짐은 무거워졌다. 다행히 아내는 고생이 뭔지 모르는 눈치였다. 자정이 넘어 귀가해도 힘들다는 내색을 하지 않는다. 천진하게 미소를 짓는다. 가늘고 긴 손가락으로 개를 쓰다듬고, 그의 뺨에 부드럽게 키스한다.

— 누가 나가면 어때요? 일할 수 있는 사람이 돈 벌면 되죠. 힘들지 않아요. 카운터에 그저 앉아만 있는걸요.

아내의 목소리는 조금 잠겼다. 늦은 밤이라 당연했다. 긴 머리를 틀어 올리고, 샤워하고 나오는 아내는 여전히 아름다웠다. 아내를 안고 싶지만, 침대에 개가 길게 누워 있었다. 그는 번번이 물러났다. 욕망으로 부풀어 오른 그

곳을 누르면서.

개새끼가 있는 한 자신의 자리는 없다. 아내가 일을 나가는 것도 개 수술비 때문이다. 저놈을 처치하지 않는다면 자신은 영원히 비열한 인간으로 남을 것이다. 비 오는 어두운 밤. 으슥한 곳, 아무도 찾지 못할 만큼 어둡고 깊은 곳. 누구의 눈에도 띄지 않을 곳을 떠올렸다.

안방으로 가서 개를 안아 올렸다. 축 늘어진 뒷다리가 물풍선처럼 끌려왔다. 입가에 흐른 피가 반은 마르고, 반은 축축하게 침과 섞여 묻어 있다. 가늘게 눈을 떠 그를 쳐다보더니 도로 감았다. 눈을 뜰 힘도 없는지, 잠에 취했는지 알 수 없다. 이렇게 안는 것도 마지막이라 생각하니, 가슴이 아릿했다. 하얀 털이 가득한 부드러운 등에 얼굴을 박았다. 비릿한 피 냄새가 코로 들어왔다. 녀석은 생각보다 부드럽고, 분홍빛 배는 따뜻했다.

밤거리는 비에 젖어 번들거렸다. 주둥이가 피에 젖은 녀석을 안고 지하철이나 버스를 탈 수 없었다. 녀석은 전투 끝의 평화를 즐기는지 그의 품에 얌전히 안겨 있다. 온몸을 그에게 맡긴 채. 아파트 단지를 벗어나 그는 잠시 망설였다. 비가 추적추적 내리고, 세상은 어두웠다. 녀석과 마지막이라고 생각하니 가슴이 아팠다. 10년. 그와 가족으로 산 시간. 놈은 아내를 엄마나 애인처럼 여겼다. 마지막으로 아내를 보게 해주는 게 도리였다. 작별 인사도 없이 떠나보낼 정도로 형편없는 놈은 되고 싶지 않았다.

아내는 수술비를 마련할 수 없을 것이다. 죽을 때까지 침대에 누워 살 거야. 산책도 뜀박질도, 아내와 내가 외출에서 돌아오면 현관으로 달려와 다리에 얼굴을 문지르지도 못해. 그건 개의 삶이 아니잖아. 죽는 것보다 못해. 침대에 누워 누군가를 하염없이 기다리는 시간만 이어지지. 언제까지 그렇게 살 수 있을 것 같아?

그는 빗속을 걸으며 중얼거렸다. 운동화가 젖어 질벅거렸다. 얼마나 걸었는지 알 수 없었다. 개를 안고 있는 팔이 저렸다. 아내를 보려면 시간을 잘 맞춰야 했다. 자정이 되기 직전, 아내는 오 층 건물 지하에서 지상으로 올라온다. 예약한 택시가 시간에 맞춰 오면 아내는 택시로 미끄러져 들어간다. 택시를 기다리고, 타는 짧은 시간이 계획된 조우다.

그는 노래방 건물 맞은편 골목의 어둠 속에 서 있다. 12시가 되면 아내는 지상으로 올라온다. 예상대로 아내가 나타났다. 비가 오는 탓에 예약한 택시가 늦는지, 아내는 건물 처마 아래 서 있다. 노래방의 화려한 네온사인이 아내의 몸을 규칙적으로 훑으며 지나갔다. 아내는 긴 머리를 손으로 쓸어올리며 빗줄기를 본다. 아내의 작고 예쁜 얼굴이 붉은 등에 빛난다. 그는 개의 귀에 속삭였다.

- 길 건너에 엄마가 있어. 똑똑히 봐 둬. 마지막이니까.

그는 개가 아내를 볼 수 있게 자세를 바꿨다. 검은 눈동자만 가득한 순수한 눈이 길 건너를 보는 듯하더니 감아 버렸다. 그는 안타까워 개를 흔들었다.

- 마지막이라니까. 영원히 보지 못할 거야. 실컷 봐.

택시가 좀처럼 오지 않았다. 아내는 처마 아래에서 가늘고 긴 목을 빼 길을 살폈다. 누군가 지하에서 올라온다. 캐나다에서 역이민을 와 노래방을 차렸다는 아내의 사촌 오빠다. 키가 크고 어깨가 넓다. 주먹이 아내의 얼굴만 하다. 건물 앞에 설치한 동상만큼 단단해 보인다. 그가 아내에게 뭐라고 한다.

번화했던 거리는 자정이 넘자 한풀 꺾였다. 군데군데 불을 밝힌 건물은 초라해졌다. 청승맞게 비를 맞고 있는 가로등은 쓸쓸하다. 이따금 택시나 승용차가 비에 젖은

거리를 달려갔다. 아내는 사촌 오빠의 승용차를 타고 집으로 갈 것이다. 아내가 차에 오를 때 개가 눈을 뜨고 길 건너를 응시했다. 이별을 직감한 것일까?

그는 천천히 골목을 벗어났다. 아내가 달려간 길 반대 방향으로 걸었다. 개를 안고, 우산을 든 손에서 감각이 사라졌다. 불편한지 개가 몸을 뒤척였다.

– 조금만 참으면 끝나. 저기 다리가 보여.

다리 아래 강은 검었다. 강물은 고여 있는 것 같아도 빠르게 흐른다. 삶과 같다. 알 수 없는 곳으로 우리를 끌고 간다.

아내의 바다

아내는 인어였습니다. 더운데 헛소리하지 말라고요? 당신은 꽤 고지식한 것 같군요. 세상은 말입니다, 무슨 일이든지 일어날 수 있답니다. 주변을 둘러보세요. 요즘은 말이죠, 죽은 지 한 달이 되기도 전에 백골이 되는 세상이랍니다. 사인을 밝힐 수 없을 정도로 부패해 버리죠. 기후 온난화 탓이라는 사람도 있지만 저는 그렇게 생각하지 않습니다. 사람들의 심장이 부패한 거죠. 살아 펄떡이는 심장이 어떻게 부패하냐고요? 순진하시군요. 우리가 사는 곳에서는 무슨 일이든지 일어난답니다. 인간은 부패한 심장으로도 충분히 살아간답니다.

이런, 제 말이 옆길로 새는군요. 당신도 바쁜 것 같으니, 본론으로 들어가지요. 어쨌든 제 아내는 인어였습니다. 인어공주냐고요? 공주라면 왕의 딸이죠. 아내의 부모를 만난 적이 없어 그것까지는 모르겠습니다. 아내는 공주처럼 아름답죠. 아슬아슬한 짧은 미니스커트를 입고 거리에 나서면 천지가 환해졌지요. 아내의 미끈한 두 다리를 쳐다보지 않는 사람은 한 명도 없었습니다. 유치원 아이조차 걸음을 멈추고 쳐다보았죠.

인어인데 무슨 다리냐고요? 당신은 불우한 어린 시절을 보낸 게 분명하군요. 부모가 빚에 쫓겨 야반도주했나요? 아니면 동네 형들에게 잡혀 책을 읽을 시간에 앵벌이라도 나간 건가요? 말을 삼가라고요? 미안합니다. 아내를 의심하는 것 같아 살짝 화가 났습니다. 안데르센의 《인어공주》를 읽었다면 내 말을 이해하기가 쉬울 텐데요. 아내는 나와 결혼하기 위해서 하나뿐인 목숨을 걸었습니다. 인간이 되기 위해 바다 마녀가 주는 독약을 꿀꺽 마셨답니다. 거기까지는 영화나 동화 속 인어공주와 다르지 않답니다.

제 정신이 이상한 것 같다고요? 불쾌하군요. 한 번만 더 그런 말을 하면 묵비권을 행사하겠습니다.

당신은 무언가에 목숨을 걸어 본 일이 없지요? 아내는

저와 함께 있고 싶어, 저를 사랑해 자기 목숨을 걸었답니다. 물론 저도 아내를 사랑했습니다. 인어처럼 아름다운 아내를 어떻게 사랑하지 않을 수가 있겠어요. 아내와 저를 반씩 닮은 아이만으로도 우리 사랑이 얼마나 강렬했는지 알 수 있지 않습니까?

아버지가 되었을 때의 기쁨을 아십니까? 아이를 만난 후 내 삶은 커다란 돛을 활짝 펼친 범선과 같았습니다. 바람을 가득 안고 밤바다를 건너는 기분이었지요.

살기가 힘들었냐고요. 그렇지 않습니다. 서른 평 아파트에, 동네에서 가장 좋은 유치원에 아이를 보낼 만큼의 수입은 되었습니다. 문제는 유치원에서 시작되었지요. 그 유치원만 아니었다면 아내가 떠나지 않았을까요? 모르겠습니다. 확실한 것은 지금 아내가 곁에 없다는 사실입니다.

어느 날, 아내가 아이와 함께 체험학습을 간다고 하더군요. 체험학습은 유치원 정규 과정이 아닌 과외 활동이라 따로 돈을 내야 한다고 했어요. 적지 않은 돈이었지만 여름 휴가비를 아이의 체험학습비로 사용하기로 했지요. 어린 시절의 경험과 기억은 평생 남지 않습니까. 내 아이를 인어공주와 왕자의 사랑도 모르는 아이로 키우고 싶지는 않거든요. 당신을 비웃다니요. 그럴 리가. 저는 그렇게 비열한 인간이 아닙니다.

아내는 아이와 함께 체험학습장으로 갔습니다. 저는 가지 못했습니다. 그날이 평일이었기 때문이지요. 학습장은 나무가 우거진 골짜기에 자리 잡고 있었는데, 그날은 꽤 여러 유치원이 왔다고 했습니다. 점심을 먹은 후 아이들은 인솔 교사를 따라 이동했고, 어른들은 숲 그늘에 앉아 쉬었답니다. 잠시 후, 아이들의 즐거워하는 함성이 들렸고, 궁금해진 아내는 아이들이 모여 있는 곳으로 갔다고 했습니다.

수영장처럼 만든 인공 연못에서 아이들이 이리저리 몰려다니더랍니다. 인공 연못을 채운 물이 아이들의 종아리에서 찰랑거렸습니다. 물에서 무언가 건져 올리고 있는 아이, 옆 아이와 머리를 들이박고 뒤로 벌렁 나자빠지는 아이. 미끄러져 엉덩방아를 찧고 울음을 터뜨리는 아이들. 아내는 그 광경을 멍하니 보았습니다. 그때 한 아이가 고사리 같은 손으로 물고기를 건져 올리더랍니다. 물고기는 동그란 눈을 뜬 채 퍼덕거렸습니다. 아이는 물고

기의 몸통을 움켜잡은 채 겁에 질린 표정이었습니다. 인솔 교사가 아이에게 "너는 세상의 보물을 움켜잡은 거란다"라고 과장되게 칭찬했답니다. 그 아이는 뺨이 상기된 채 기뻐했고, 다른 아이들은 물고기를 건지려고 다투어 물로 뛰어들더랍니다.

아내는 아이들 사이로 뛰어들었습니다. 손에서 헐떡이는 물고기를 놓아 주라고 외쳤습니다. 아내는 아이들을 풀장 밖으로 밀어내면서, 교사에게 애원했답니다. 인공 연못에서 물고기를 잡는 것은 교육적이지도 않을뿐더러 생명을 하찮게 여기는 어른이 될 것이라고요.

아내는 전국의 모든 유치원에 편지를 보냈습니다. 아내가 운동권이었냐고요? 당신은 정말 머리가 나쁘시군요. 아내는 인어였다고 좀 전에 말씀드렸는데요. 저를 만나기 전까지 아내는 북유럽의 깊은 바다에 살았습니다. 육지에서 산 것은 겨우 6년 남짓입니다. 아이가 다섯 살이니까요. 사람들이 아내를 불순분자다, 정치를 하려느냐? 심지어는 종북이라는 말까지 하더군요. 종북은 북쪽을 좋아하고 추종한다는 말이지요. 아내가 북유럽 바닷가 출신인 것은 나도 얼마 전에 알게 된 사실인데 말입니다. 인터넷 시대라 그런지 비밀이 없는 것 같습니다. 세상 물정을 몰라서 아내는 용감할 수 있었을까요? 아내는 우리 아이를, 생명을 함부로 짓밟는 인간으로 키우고 싶지 않다고 했습니다. 함께 살아갈 다른 모든 아이도 그러기를 바랐습니다.

생선회를 좋아합니까? 나는 종종 횟집 수족관에 든 생선을 손가락질하며 "이게 좋군요"라고 했습니다. 수족관에 갇힌 물고기를 생명을 가진 존재로 여긴 적이 없었던 것입니다. 아내의 말을 듣고 내가 얼마나 잔인한 존재인지 생각하게 되더군요. 지나친 생각이라고요? 인간은 다른 생명을 죽여야 살 수 있다고요? 물론입니다. 그래서 생명 있는 것들은 연민을 부르지요. 생명체의 숙명이랄까요. 이슬람교도는 짐승을 도살하기 전 정결한 의식을 행한답니다. 죽어가는 짐승의 고통을 최소화하려는 인간의 배려지요. 손가락질로 죽음을 선고하는 것과 경건한 마음으로 죽음을 대하는 태도는 무언가, 결이 다르지 않습니까? 이런, 이야기가 또 빗나갔군요.

아내는 가끔 편지의 답장을 받았습니다. 생명의 소중

함에 대해 미처 생각 못 했으며, 이후 체험학습 때는 고려하겠다는 말, 차마 옮기기 민망한 욕설을 휘갈긴 편지나 메일을 받을 때도 있었습니다. 아내가 상처받을까 걱정되었습니다. 그런데 시간이 지나면서 이런 종류의 체험학습을 금지하자는 여론이 생기더군요. 아내의 편지가 해륙풍 같은 바람을 몰고 온 것 같았습니다.

아내는 다시 미니스커트 아래로 곧게 뻗어 내린 다리를 드러내고 슈퍼와 유치원, 동네 세탁소와 빵집을 드나들었습니다. 일상으로 돌아온 것이지요. 살얼음판을 걷는 것 같던 마음이 조금 진정되더군요. 아내는 마지막으로 남은 동쪽 지역에 편지를 보내면 이 일이 끝난다고 했습니다. 나는 퇴근하면서 꽃 편지지와 분홍빛 봉투를 한 아름 사 아내에게 안겼습니다. 아내가 재빨리 내 입술에 키스하더군요. 정말 사랑스러웠습니다. 하마터면 나는 아내에게 사랑한다는 말 대신 존경한다고 말할 뻔했답니다.

다음날, 아내가 회사로 전화했습니다. 아이는 교통사고를 당했습니다. 아파트 입구에서 아이를 친 자동차는 유유히 사라졌습니다. 자동차 종류와 번호를 본 목격자들의 증언으로 금방 찾을 것으로 생각했던 뺑소니차는 오리무중이었습니다. 다행히 아이는 약간의 찰과상을 입었을 뿐, 크게 다치지 않았습니다. 가슴을 쓸어내리는 내게 경찰은 최선을 다해 수사 중이라는 말만 되풀이했습니다.

집으로 전화가 걸려 왔습니다. 다음에는 아이가 찰과상에 그치지 않을 것이라 협박했습니다. 소름이 돋으며 온몸이 부들부들 떨렸습니다. 아내의 커다란 눈에 두려움이 출렁거렸습니다. 경찰에 신고했습니다. 기자가 취재했고 아이의 사고가 사람들의 입에 오르내렸습니다. 이후의 일은 당신이 아는 대로입니다. 아무것도 밝혀진 게 없었습니다. 협박 전화는 사흘에 한 번꼴로 걸려 왔습니다. 유치원 원장이 우리 애를 유치원에 보내지 말라고 하더군요. 우리 애 때문에 다른 아이들이 해를 입을지 모른다고 학부모들이 걱정한다고 전하더군요. 그들에게 피해가 가지 않게 모든 조치를 하겠다고 했지만 소용없었습니다. 아이는 결국 유치원에 가지 못하게 되었습니다. 아이는 작은 주먹으로 눈물을 닦았고, 아내는 아이 몰래 분노의 한숨을 삼켰어요.

풍광이 수려한 체험학습장은 정치권 실세인 아무개

씨의 소유라는 것을 알았습니다. 아이들을 실어 나르는 관광버스와 체험학습장의 시설을 관리하는 업체와 물고기를 공급하는 어장과 체험장의 놀이, 숙박, 식당 시설 등의 운영자와 관리·감독자의 이권이 거미줄처럼 서로 얽혀 있더군요.

나는 아내에게 당장 전국에 편지 보내는 것을 중단하라고 했습니다. 동쪽 지방 한 곳쯤 빠진다고 큰일 나지 않는다고 타일렀습니다. 분홍빛 봉투가 아내의 책상에 쌓여 있었습니다. 이것만 보내면 끝나요. 아내는 차분하게 말했습니다.

아이를 죽이고 싶어? 우리는 달걀이고 상대는 산더미만 한 바위라고. 처음 아내에게 소리 질렀습니다. 왜 그랬을까요. 조용히 말해도 아내는 알아들었을 텐데 말입니다. 매스컴을 타 유명해지니까 당신이 대단한 인간이라도 된 것 같냐고 빈정대기까지 했습니다.

아내는 내 손을 끌어 자기 다리로 가져갔습니다. 나는 당황했습니다. 아내가 말했습니다. 자신은 인어였는데, 바닷가에서 나를 본 순간 인간이 되어야겠다고 결심했다더군요. 순간 아내가 정신이 나간 게 아닌가 싶었습니다. 뺨이라도 한 대 때리면 정신을 차리지 않을까 하는 생각이 들더군요. 생각해 보니, 정신이 나간 건 아내가 아니라 나 자신이었습니다. 아내의 뺨을 몇 차례 때렸는지 기억나지 않습니다. 한 번, 아니 여러 번. 내가 한심해 미칠 것 같았습니다. 눈물이 쏟아질 것 같아 안방으로 갔습니다. 아내에게 그런 나를 보일까 두려웠어요. 잠시 후 방을 나왔는데 아내가 보이지 않았습니다. 아내의 책상 위에 쌓여 있던 분홍빛 봉투도 함께 말입니다.

아내는 우체국에서 오후 다섯 시 무렵에 편지를 부쳤습니다. 그리고 한 시간 후 터미널에서 바다로 가는 버스를 탔습니다. 여기까지는 당신들이 조사한 대로입니다. 아내가 세상의 바다를 여행하던 중에 나를 보고, 사랑에 빠졌다는 바로 그 바닷가 마을로 가는 버스였습니다. 당신들이 아니었다면 아내가 바다 마을로 간 사실조차 알지 못했을 겁니다.

그 바다는 예전과 다름없이 옥빛이었습니다. 나는 검은 바위가 점점이 흩어진 해변을 걸었습니다. 나와 아이가 편히 살 수 있다면, 자기는 고향으로 가겠다고 한 아내의 말이 생각났습니다. 세상에 호소하는 마지막 편지를 보낸 후에 말입니다. 그것은 인어였던 자신이 꼭 해야 할 일이라고 했습니다. 당신들도 먼 옛날에는 바다에서 살던 물고기였지 않나요? 아내의 말이 쓸쓸하게 귓전을 울렸습니다.

검은 바위 해변에서 당신이 나를 체포할 때 나는 외로워 보이던 아내의 마지막 모습을 떠올리고 있었습니다. 나는 아내를 죽이지 않았습니다. 아내는 바다로 갔습니다. 더 이상 인간들과, 아니 비겁한 나와 살고 싶지 않았던 거지요. 이 손을 잘라 버리고 싶습니다. 더러운 쓰레기 같은 손으로 비눗방울같이 투명한 아내의 뺨을 후려치다니. 몇 번이라고 셀 수도 없을 만큼 심하게…. 미쳤나 봅니다, 내가.

아내에게 용서를 빌고 싶은데 어떻게 해야 할지 모르겠습니다.

송 언

도대체 잘하는 게 뭐야?
노란색 카트의 운명
시인의 아내

송 언

1982년 중앙일보 신춘문예에 소설 〈그 여름의 초상〉으로 등단.
소설집 《인간은 별에 갈 수 없다》.
장편소설 《천궁 거사》, 《운명의 문》, 《사람을 그린 사람》.
홀연히 동화 작가로 변신하여 동화집 《마법사 똥맨》,
《김 구천구백이》 등 수십 권 펴냄.

도대체 잘하는 게 뭐야?

어느 문화센터에 '내 옷 만들어 입기' 강좌가 있다. 열대여섯 명의 수강생이 옹기종기 모여 앉아 옷 만들기를 배운다. 3개월에 옷 하나를 완성해서 입는 과정인데, 사는 동안에 사람이 옷을 하나만 입는 게 아니어서 짧게는 5년, 길게는 10년 넘게 줄기차게 그 강좌에 참여하는 수강생이 적지 않다.

오십대 중년의 아줌마들과 육십대 장년의 아줌마들이 주력부대다. 칠십대 할머니들도 몇 사람 포진해 있다.

남자 수강생은 일절 받지 않는다. 왜냐하면 받았다가 곤욕을 치른 경험이 있기 때문이다. 젊었거나 늙었거나 잘생겼거나 못생겼거나 남자 수강생이 단 한 명이라도 들어오면, 아줌마들과 할머니들이 이따금 암고양이가 발정 났을 때 내는 소리를 홍홍대거나 뿡뿡거리기 때문이다. 하여 수업 분위기가 엉망진창이 되는 경우가 빈번하기 때문이다.

그런 곳에 서른 살쯤 되어 보이는 젊은 여자가 새로 들어왔다. 흔하게 있는 일은 아니지만 더러 있는 일이긴 했다. 중년 장년의 아줌마들과 노년의 할머니들은 젊은 여자를 반갑게 맞아 주었다. 처음 얼마 동안은 어미 고양이가 새끼 고양이를 품어 주듯이 알뜰살뜰 보살펴 주기까지 했다.

선참으로서 젊은 신참에 대한 최소한의 애정 표현이랄까. 사람에 대한 기본 예의라고나 할까. 그러다가 젊은 신참에 대한 관심이 일제히 시들시들해졌다. 선참들이 불시에 약속이라도 한 것처럼. 그도 그럴 것이 젊은 여자는 대충 봐도 어리바리한 숙맥이었다. 하는 행동이 현저히 굼뜰 뿐 아니라 하찮은 일에도 허둥지둥하기 일쑤였다. 도대체 야무진 구석이라곤 찾아볼 수가 없었다.

그러자 중년 장년의 아줌마들과 노년의 할머니들은 관심이 시들시들해지는 경지를 훌쩍 뛰어넘어서 은근슬쩍, 때로는 노골적으로 젊은 여자를 무시하거나 타박하거나 매몰차게 몰아붙였다.

대개 옷 만들기 과정은 치수 재기, 원하는 원단 사오기, 자기 몸에 맞게 패턴 뜨기, 가위질하기, 재봉질하기, 내 옷 완성하여 입어 보기 순서로 진행된다.

젊은 여자가 제대로 따라 하는 건 치수 재기 정도였다. 감각기관이 몽땅 집을 나가 버렸는지 터무니없는 원단을 사오는 건 예사였고, 패턴을 뜨는 건 더 말할 나위가 없었으며, 가위질하기와 재봉질하기도 형편 무인지경인 왕초보 수준이었다. 그러니 내 옷 만들기가 제대로 진행될 리 없었다. 젊은 여자의 실력으로 내 옷을 완성하여 입어 본다는 건 하늘의 별 따기처럼 지난한 일이 분명했다.

보다 못해서, 그러니까 참고 봐주다 못해서, 반장 아줌마가 팔을 걷어붙이고 나섰다. 그러고는 윽박지르듯이 따져 물었다.

"이봐요, 결혼은 했어요?"

젊은 여자가 어눌한 목소리로 대답했다.

"저 아직 결혼 못 했어요."

"나는 새댁이라서 옷 만드는 걸 배우러 왔나 보다 했지. 그럼, 아가씨네?"

"네, 저 아가씨예요."

"그럼, 이제부터 혜은이 아가씨라고 불러도 되겠네?"

젊은 여자 이름은 양혜은이었다.

"네, 편하신 대로 부르세요."

반장 아줌마의 질문은 계속되었다. 반장 아줌마의 질문을 방해하는 수강생은 아무도 없었다. 있을 리가 없었다. 모두 혜은이 아가씨가 대체 어떤 여자인지 궁금하기 때문이었다. 그뿐 아니라 대부분의 아줌마는 타인에 대한 궁금증을 못 참아내는 경향이 농후하기 때문이었다.

"혜은이 아가씨는 어디 살아요?"

"길 건너편 롯데아파트요."

"제법 사는 집 아가씨로군."

실제로 문화센터 길 건너편에 있는 롯데아파트는 어지간한 부자가 아니면 거주하기 만만찮은 곳이었다. 반장 아줌마는 집요하게 질문을 퍼부어 댔다. 지칠 줄 모르는 여전사처럼. 반장 아줌마는 사건을 취조하는 예리한 형사반장 같았고, 젊은 여자는 어리숙한 피의자 같았다.

사실대로 말해 봐, 여긴 뭐 하러 온 거여? 내 옷 만들어서 입어 보려고요. 실력이 이렇게 형편없는데 어떻게 내 옷을 만들어서 입어 본다는 걸까? 그래도 한번 해보려고요. 어린 시절의 꿈 가운데 하나였거든요. 내 옷 만들어서 입어 보는 거요. 내가 보기엔, 아니 우리들이 보기엔 적잖이 어려울 것 같은데. 꿈을 그냥 꿈으로 간직하고 편안하게 살아가는 게 더 괜찮은 방법이 아닐까 싶은데…?

혜은이 아가씨는 대답하지 않았다. 그렇다고 인상을 찌푸리지도 않았다. 반장 아줌마가 몰아세우듯 계속 다그쳤다. 형사반장이 취조하듯이.

이건 정말 궁금해서 물어 보는 거야. 혜은이 아가씨는 도대체 잘하는 게 뭐야? 아니, 잘하는 게 있기는 한 거여? 네, 저도 잘하는 거 있어요. 그게 뭐냐고? 공부하는 거요. 뭐라고, 공부하는 거? 네, 공부하는 거요. 공부를 얼마나 잘했는데? 친구들보다 항상 잘하는 편이었어요.

"하이고, 나 원 참, 기가 막혀서."

반장 아줌마가 끌끌 혀를 찼다. 그러고는 꾸지람 비슷한 질문을 계속했다.

고깝게 생각하지 말고 내 말을 잘 들어 봐. 공부 잘하는 아가씨가 말이야. 원단 고르는 눈썰미가 있기를 하나, 패턴을 제대로 뜨기를 하나, 가위질을 반듯하게 할 줄을 아나, 그렇다고 재봉질 솜씨가 있기를 하나. 솔직히 말해서 잘하는 게 하나도 없잖아! 그런데 왜 내 옷 만들어서 입어 보는 걸 배우려는 거야, 응? 공부는 머리로 하는 것이지만 옷 만들기는 기술이 받쳐 줘야 하는 거잖아요. 제가요, 옷 만드는 기술이 많이 부족해요. 그래서 배우러 온 거라고요.

반장 아줌마가 흔쾌히 동의해 주었다.

"그건 그렇지. 공부하는 것과 기술을 익히는 건 분명히 분야가 다르지."

반장 아줌마는 그쯤에서 질문을 멈출 기세가 아닌 듯했다. 낱낱이 파헤쳐서 뿌리를 뽑아 보리라, 작정한 사람 같았다. 나머지 수강생들은 옷 만들기를 하는 둥 마는 둥 하며 토끼처럼 두 귀를 쫑긋 세웠다.

공부를 잘했다니까 묻는 거야. 졸업한 뒤에 적당한 직장에 취직을 하긴 했어? 네, 저 취직했어요. 어떤 직장에 취직했는데? 저, 공무원으로 취직했어요. 뭐라고, 공무원? 9급 공무원? 주민센터 같은 곳에 근무하는 그렇고 그런 말단 공무원? 아니요, 저 5급 공무원이에요. 뭐야, 5급 공무원? 혜은이 아가씨가 뭘 전공했는데? 왜 이러세요? 저도 확실한 전공이 있어요. 그 전공이 대체 뭐냐고? 저요, 정치외교학과 나왔어요. 뭐라고, 정치외교학과? 네, 정치외교학과요.

반장 아줌마가 따지듯이 물었다. 아니 멱살이라도 잡아챌 듯이 다그쳤다.

"어느 대-학-교?"

"서-울-대-학-교요."

순간 반장 아줌마 입이 하마 입처럼 쩍 벌어졌다.

"뭐라고? 서-울-대-학-교?"

반장 아줌마의 하마처럼 쩍 벌어진 입을 바라보면서, 오십대 중년의 아줌마들과 육십대 장년의 아줌마들과 칠십대 노년의 할머니들은 일제히 옷 만들기 하던 동작을 멈추었다. 단체로 징그러운 뱀이라도 밟은 듯 두 눈도 휘둥그레졌다. 옷을 만들려고 왔기 때문에 건성건성 옷을 만들고는 있었으나, 옷 만드는 일이 하나도 중요하지 않게 되었다는 듯이.

반장 아줌마와 혜은이 아가씨의 문답은 거기서 끝나지 않았다.

진짜지? 설마 거짓말하는 건 아니겠지? 제가 왜 거짓

말을 해요? 그럼 어떻게 5급 공무원이 되었는지 사실대로 말해 줘 봐. 도대체 지금 어디서 근무하고 있는 거야? 외교부요. 외교부라고? 대한민국 외교부? 네, 대한민국 외교부요. 그렇다면 혜은이 아가씨가 외무고시에 당당하게 합격했다는 거잖아? 네, 저요 5급 외무공무원 시험에 합격했어요.

반장 아줌마가 길게 한숨을 토해냈다.

"휴우, 우리가 사람을 진정 몰라봤네. 눈은 있었으나 눈망울이 없었네. 혜은이 아가씨를, 아니 대한민국 외교부 5급 공무원 아가씨를 몰라봤네. 아니, 몰라볼 정도가 아니라 대놓고 무시를 했네. 어디 무시만 했나. 타박도 하고 매몰차게 몰아붙이기도 했지. 그런데 말이야, 평일 오전 시간에, 대한민국 외교부 5급 공무원 아가씨가, 문화센터에 와서 옷 만드는 기술을 배우는 이유가 뭘까?"

혜은이 아가씨가 덤덤하게 대답했다.

"외교부 공무원 생활이 제 적성에 왠지 안 맞는 것 같은 거예요. 문득 그런 생각이 드는 거예요. 그래서 6개월 휴직했어요. 6개월 동안 푹 쉬면서 마음을 정리해 보려고요. 마음만 정리하면 안 되니까, 마음을 정리하는 한편, 옷 만드는 기술을 배워 보고 싶었어요. 골치 아픈 일을 잠시 내려놓고요. 어려서부터 정말 해보고 싶었거든요. 내 손으로 직접 옷을 만들어서 입어 보는 거요."

"아, 그렇구나. 그럴 수도 있는 것이로구나. 내가 말이야, 아니 우리들이 말이야. 혜은이 아가씨를 무시하고 타박했다는 거 깨끗하게 인정할게. 그러니까 섭섭한 점이 있었더라도 너그럽게 이해해 주면 좋겠네. 대한민국 외교부의 5급 공무원이니까. 내가 솔직히 말하는 거야. 이렇게 훌륭한 아가씨인 줄 미리 알았더라면, 우리가 무시를 했을 것 같아? 시시때때로 타박했을 것 같아? 그뿐인가. 매몰차게 몰아붙이는 일도 없었을 텐데…."

반장 아줌마가 정감이 가득한 목소리로 덧붙였다.

"옷 만들기를 하다가 말이야, 기술이 딸려서 잘 안 되는 부분이 있으면 말이야, 언제든지 부탁해요. 우리들이 돌아 가면서 도와줄 테니까, 응?"

"네, 정말 고맙습니다."

혜은이 아가씨가 해맑게 웃음을 지어 보였다.

옷 만들기 교실에 갑자기 해맑은 햇살 한 줄기가 내리비치는 것 같았다.

노란색 카트의 운명

6월의 어느 일요일이었다.

여느 때처럼 중걸 씨는 중랑천 둑길로 산책하러 나갔다. 봄이면 벚나무들이 화사하게 꽃을 피우는 둑길. 여름이 되자 둑길 양쪽에 줄지어 늘어선 벚나무들이 잎사귀가 무성해져서 긴 터널을 만들어 놓았다. 허공에 자연산 그늘막이 드리워져 산책하기엔 그야말로 안성맞춤인 곳이었다.

중년의 중걸 씨는 터벅터벅 걷다가 주춤주춤 발걸음을 늦추었다. 평소에 보지 못하던 낯선 무리가 둑길을 왔다 갔다 하면서 산책을 적잖이 방해하기 때문이었다. 중랑천 둑길 벚나무 터널이 제법 운치가 있어서 낯선 무리가 더러더러 찾아오곤 했었다. 중걸 씨는 천천히 걸으면서 곁눈질했다.

사진이나 영상물을 찍는 무리였다. 취미 삼아 사진을 찍는 것인지, 광고 영상물을 찍는 것인지, 아니면 아마추어들이 영상물을 찍는 실습을 하는 것인지 알 수 없었다. 곱상한 생김새에 생머리를 길게 늘어뜨린 스물여남은 살 먹은 여자가 노란색 카트 안에 약간 맹한 표정으로 앉아 있었다. 사지가 멀쩡한 젊은 남자가 씩씩하게 카트를 밀면서 저만큼 달려갔다가 다시 이만큼 되돌아오는 동작을 반복할 때, 남은 무리는 사진이나 영상물을 찍는다며 부산을 떨어 대고 있었다.

중걸 씨는 잠시 고개를 갸웃했다.

'대형마트 같은 곳에서 물건을 실어 나르는 카트에 왜 젊은 여자를 앉혀 놓고 저 난리를 쳐대는 것일까? 물건 대신 젊은 여자를 배달한다는 뜻일까?'

여하튼 중걸 씨에겐 그다지 흥미로운 광경이 아니었다. 낯선 무리가 난리를 쳐대거나 말거나 약간 비켜선 자세로 앞을 향해 걸어갔다. 산책로가 끝나는 곳까지 걸어갔다가 되돌아오는 길이었다. 벚나무 터널 산책로를 왁자지껄 무단으로 점령한 채, 노란색 카트에 곱상한 여자를 신고 사진이나 영상물을 찍어 대던 무리는 썰물처럼 빠져나가고 없었다.

그 대신 노란색 카트만 산책로 구석진 자리에 덩그러니 내동댕이쳐져 있었다. 참으로 생뚱맞은 풍경이 아닐 수 없었다. 벚나무 산책로에 내동댕이쳐진 노란색 카트 하나. 헌 짚신짝 벗어던지듯 노란색 카트를 산책로에 내팽개치고 떠난 젊은 무리를 도무지 이해할 수 없었다.

중걸 씨는 괜한 생각에 잠겼다.

'어느 대형마트에서 빌려 왔든지 슬그머니 가져왔든지 간에, 카트를 사용했으면 제자리에 갖다 놓아야 하는 게 아닌가? 세상에 저따위 행동을 하는 얌체족이 어디 있단 말인가?'

중걸 씨는 노란색 카트를 산책로에 내팽개치고 떠난 젊은 무리 때문에 감정이 울컥할 뻔했다. 카트 하나 제자리에 갖다 놓지 못하는 사람이 뭔 감수성이 뛰어나 사진이나 영상물을 찍어 세상에 남기겠는가. 자기 욕심만 채우고 죄 없는 카트를 휙 내팽개치고 떠나는 정신으로 누구의 마음을 흔들어 놓을 수 있겠는가. 중걸 씨는 씁쓰름한 심정으로 그날 산책을 마감했다.

그로부터 일주일쯤 뒤였다.

중걸 씨는 모처럼 아내와 함께 중랑천 둑길로 산책하러 나갔다. 산책로 구석진 자리에 방치된 물건처럼 내동댕이쳐져 있는 노란색 카트가 눈에 들어왔다. 처참하게 버림받은 노란색 카트. 해서 걸음을 멈추고 아내에게 물었다.

"대형마트에 있어야 할 저 노란색 카트가 어찌하여 둑길 산책로에 내동댕이쳐져 있는지 짐작이 가시우?"

아내가 멀뚱멀뚱 중걸 씨를 쳐다보며 눈짓으로 물었다. 어인 까닭인지 당신은 알고 있느냐는 듯이. 해서 중걸 씨는 지난번에 직접 보았고, 그 때문에 마음이 씁쓸했던 기억을 풀어놓았다. 그러고는 덧붙였다.

"아무리 자신들의 일정이 **빡빡했더라도** 그렇지. 대형마트에서 빌려 왔든지 슬그머니 가져왔든지 간에, 사용한 카트를 제자리에 갖다 놓아야지, 수많은 사람들이 오가는 산책로에 내팽개치고 떠나는 건 후안무치한 행동이 아닐까?"

"맞네. 저 카트가 잘못을 저지른 것도 아닐 텐데…."

그로부터 일주일쯤이 또 지난 뒤 중걸 씨는 노란색

카트가 새 주인을 맞이했다는 사실을 확인할 수 있었다. 그 순간 중걸 씨는 가슴을 치며 탄복하지 않을 수 없었다. 처참하게 버림받은 노란색 카트가 뜻밖의 반전을 보여 주리라고 전혀 예상하지 못한 탓이었다. 노란색 카트의 새 주인은 중년의 노숙자였다. 봉두난발한 머리카락에 너덜너덜한 누더기옷을 걸치고, 시큼털털한 냄새를 풍기면서, 중랑천 산책로 언저리를 이리저리 떠도는 중년의 노숙자. 중걸 씨는 그 노숙자를 여러 차례 본 적이 있었다. 어쩌면 그 노숙자도 중걸 씨가 전혀 낯설지는 않으리라. 피차 중랑천을 무대로 오가는 신세니까.

처음에 그 노숙자는 무게가 적잖게 나가는 짐 보따리를 등짝에 짊어지고 힘에 겨워 느럭느럭 걸음을 옮기곤 했었다. 한자리에 붙박여 있지 않고, 수시로 자리 이동을 하는 노숙자였던 것이다.

그러던 어느 날 노숙자는 다 찌그러진 유모차를 하나 구했다. 돈을 들여서 새로 장만했을 리 만무하고 쓰레기 더미 같은 곳에서 공짜로 주운 게 아닐까 싶었다. 유모차가 어찌나 낡았던지 움직일 때마다 삐걱삐걱 비명을 질러 댔기 때문에 매우 위태위태해 보였다. 네 바퀴가 앞으로 굴러간다는 게 신기하게 느껴질 정도였다. 그래서 중걸 씨는 그 노숙자를 볼 때마다 마음이 알싸했었다. 안타까운 마음이 들어서. 다 찌그러진 유모차가 노숙자의 소중한 짐 보따리를 감당하기엔 너무나 부실해 보였기 때문에.

그런데 아이코나 세상에!

버림받은 노란색 카트가 노숙자의 눈에 번쩍 띈 것이었다. 몹시도 탄탄해 보이는 노란색 카트. 노숙자의 짐차로서 나무랄 데 없는 노란색 카트. 다 찌그러진 유모차와 비교했을 때 그야말로 만년 무기가 아닌가. 쇠 철망 울타리가 단단하게 둘러쳐져 있을 뿐 아니라 바퀴도 탄탄하지 않은가. 중걸 씨는 노란색 카트를 밀고 가는 노숙자를 망연히 바라보았다. 자질구레한 짐 보따리를 한가득 싣고, 보무도 당당하게 걸어가는 노숙자의 뒷모습이 그렇게 멋져 보일 수 없었다. 그 순간 얄궂게도 전혀 예상하지 못한 생각이 뇌리를 탁 때리는 것이었다.

'소갈딱지 없는 젊은 무리가 중랑천 노숙자를 위해 노란색 카트를 내팽개치고 간 건 아닐 테지만, 정녕코 그럴 리는 만무하지만, 저토록 소중하게 쓰이는 결과를 가져왔으니, 무턱대고 젊은 무리를 나무란 게 후회되는군.

노란색 카트의 운명

한울님이 속 빈 강정 같은 젊은 무리에게 훈훈한 영감을 불어넣어서 뜻밖의 상황이 연출되도록 한 게 아니었을까? 하여 노란색 카트의 운명이 백팔십도 바뀌게 된 게 아니었을까?'

그 뒤로 중걸 씨는 노란색 카트를 힘차게 밀면서, 자신의 '나와바리'를 당당하게 확보하는 중랑천 노숙자를 여러 차례 목격할 수 있었다. 버림받은 노란색 카트가 노숙자에게 저토록 유용하게 쓰이리라고 누가 상상이나 했겠는가.

중걸 씨는 두 손 모아 기도했다.

'노란색 카트의 네 바퀴가 단단한 쇳덩어리처럼 오래오래 버텨 주기를!'

시인의 아내

 세상에는 이런 시인이 있고 저런 시인도 있기 마련이다. 워낙 시인이 많고 또 많으니 말이다. 아무려나 그 시인은 좀 특별했다.
 시인은 젊은 시절부터 당뇨병 증세로 지인들과 어울리는 데 한계를 드러내기 시작했다. 술자리를 멀리하는 시인과 작가들이 그리 많지 않던 시절이었다. 그렇다고 당뇨병을 핑계로 술자리에 참석을 아예 안 할 수도 없었다. 늘 사람을 그리워하던 시절이기도 했으니까.
 시인은 궁여지책으로 지인들의 모임에 무알코올 캔 맥주를 들고 나타났다. 다들 왁자하니 술잔을 뒤집는데 혼자서만 멀뚱멀뚱 지켜보는 게 얼마나 견디기 어려운 고역인가. 해서 분위기라도 맞추려고 무알코올 캔 맥주를 들고 참석한 것이었다.

한 친구가 물었다.

"세상에, 무알코올 맥주도 있냐?"

"있으니까 가지고 나왔지. 아니, 마트에서 사서 왔지."

"무알코올 맥주로도 술맛을 느낄 수 있냐?"

"궁금하면 직접 맛을 봐봐. 맥주랑 크게 다를 바가 없다니까. 다만 무알코올이란 것뿐이야. 나 같은 당뇨병 환자에게는 딱 맞는 음료수지."

한 친구가 무알코올 맥주를 맛보더니 대번에 혀를 내둘렀다.

"이건 완전히 가짜 술맛이네. 차라리 사이다나 콜라를 마시라면 모를까. 난 도저히 못 마시겠다."

시인의 당뇨병 증세는 서서히 그리고 꾸준히 나빠지는 추세를 이어가고 있었다. 인슐린 알약을 복용하다가 한계에 봉착하자, 인슐린 주사약을 자기 손으로 직접 배에 찌르는 고통의 시절로 넘어갔다. 1년, 2년, 3년이 지나자, 아랫배가 바늘 자국으로 벌창이 날 지경이었다.

당뇨병은 삼십대 중반에 찾아왔다. 시인은 당뇨병과 더불어 무사히 삼십대를 넘기고, 그럭저럭 사십대를 넘기고, 간신히 오십 고개로 들어섰다.

오십대에 당뇨 합병증이 시인의 눈을 공략했다. 시력이 급격하게 저하되었다. 운전하기 버거운 지경에 이르러, 특히 밤 운전은 치명적이어서, 부득불 눈 수술을 받지 않을 수 없었다. 그 무렵 서울 생활을 청산하고 고향인 강원도 횡성 보리소골로 내려갔다. 시인이 태어나서 자란 곳. 땅도 있고 시골집도 그대로 있었다.

고향 땅에 정착하니 살 것 같았다. 우선 공기가 맑아서 좋았다. 왠지 건강도 좋아지는 것 같았다. 새 소리, 바람 소리에 귀를 적시는 것도 좋았고, 하늘에 두둥실 떠가는 흰 구름을 바라보는 것도 좋았다. 사람들이 복작대는 서울로 다시 돌아가고 싶지 않았다.

그렇다고 당뇨병 증세가 호전될 리는 만무했다. 담당 의사도 분명히 말했다. 더 나빠지지 않도록 조심하는 게 최선이라고. 인슐린을 투입하는 것 이외엔 뾰족한 방법이 없었다. 의술의 한계였다. 섭생을 신경 쓰면서 섶다리 건너가듯 조심하고 또 조심할 따름이었다. 시인은 오랜 세월을 인슐린 주사로 버텼다. 그나마 몸 상태가 쾌적할 때는 막걸리 반 잔 정도는 마실 수 있었다. 특히나 반가운

지인들이 보리소골로 찾아왔을 때는 고마워서 막걸리로 야금야금 입술을 적셔 주었다. 자신이 아직 건재하다는 걸 지인들에게 보여 주고 싶기도 했다.

그러다가 큰 수술을 받게 되었다. 장기에 치명적인 이상이 생겼기 때문이다. 당뇨 합병증이었다. 큰 수술을 받은 뒤 건강이 급격하게 나빠졌다. 겨우겨우 육십 고개에 들어섰을 때였다. 마침내 신장이 기능을 못 하는 지경에 이르렀다. 당뇨 환자들의 최후 보루라고 할 수 있는 신장 투석에 들어갔다.

처음엔 사나흘에 한 차례, 곧이어 이삼 일에 한 차례. 의사의 진단과 처방은 냉엄했다. 신장 투석을 시작하면 짧게는 삼 년, 길어 봤자 사오 년을 버티기 어렵다고 했다. 죽음을 맞이해야 할 시간이 똑딱똑딱 다가오고 있었다.

시인에겐 두 아들이 있었다. 큰아들은 결혼한 뒤 분가했고, 작은아들은 아직 대학생이었다. 군대를 다녀온 복학생 신분이었다. 작은아들은 서울과 보리소골을 오가며 살았다. 학기 중엔 서울에서, 방학 때는 부모님이 머무는 보리소골에서.

어느 날 시인의 아내가 두 아들을 불러 놓고 말했다.

"아빠가 오래 버티기 어려울 것 같구나."

시인의 두 아들은 선뜻 대답을 못 했다. 오래 버티기 어렵다는 말은 죽음이 임박했음을 뜻한다는 걸 두 아들이 모를 리 없었다. 아들로서 아버지의 예고된 죽음을 무심히 받아들인다는 건 결코 쉬운 일이 아니리라.

시인의 아내가 말했다.

"마지막 방법이 하나 있긴 하다."

큰아들이 조심스레 물었다.

"그 방법이 무엇인가요?"

형식적으로 그렇게 묻긴 했지만, 어머니가 무슨 말을 하려는 것인지, 어렴풋이 짐작하고 있었다. 시인의 아내가 담담하게 말했다.

"신장 이식 수술이다."

두 아들은 침묵했다. 며느리는 그 자리에 동석하지 않았다. 며느리에게 심리적인 부담감을 안겨 주고 싶지 않다는 시어머니의 배려였다.

시인의 아내가 나지막이 말했다.

"신장 이식 수술을 하면 여러 해 더 버틸 수 있다고 하더라. 한데 너희 아버지는 신장 이식 수술을 원하지 않는다. 타인에게 신장을 지원받는 게 요원한 일이기도 하지만, 신장 이식 수술을 받아 가면서까지 목숨을 연장하고 싶지 않다고 하더라. 차분하게 죽음을 맞이하고 싶다는 거야. 하지만 엄마 생각은 다르다."

이번엔 작은아들이 물었다.

"엄마 생각은요?"

"아빠를 이대로 죽게 내버려둘 수는 없다. 해서 엄마가 아빠에게 신장 하나를 떼어 주기로 결심했다. 아빠와 너희들 몰래 외삼촌을 찾아갔었다. 외삼촌이 의사니까. 외삼촌이 처음엔 기겁하며 만류했지만, 결국엔 엄마 결심을 받아들여 주더라. 외삼촌이 직접 엄마 신체검사를 해주었다. 요즘은 의술이 발달해서 혈액형이 같지 않아도 신장 이식 수술이 가능하다고 하더라."

두 아들이 동시에 물었다.

"아빠는 뭐라고 하세요?"

"안 된다며 펄쩍펄쩍 뛰더라."

"그래서요?"

"엄마가 아빠를 설득했다. 너희 아빠를 설득하는 데 열흘이 넘게 걸렸다. 그 열흘이 엄마에겐 십 년처럼 길게 느껴졌었다."

"뭐라고 설득을 했는데요?"

시인의 아내가 차분한 목소리로 말했다.

"당신이 없는 세상에서 나 혼자 쓸쓸히 살아가는 것보다 내 신장 하나를 떼어 주고 사는 날까지 함께 살아가고 싶다고. 엄마가 울면서 하소연했다. 남은 세월 서로 기대고 살다가 비슷한 시기에 앞서거니 뒤서거니 이 세상을 등지면 좋겠다고. 제발 내 결정을 받아들여 달라고. 나의 진심을 받아들여 달라고."

두 아들의 눈에 눈물이 글썽글썽했다.

"아빠가 뭐-래-요?"

"아빠가 무슨 말을 하겠니? 입은 있지만 말할 수 없는 때도 있는 법인걸. 아빠랑 엄마는 부둥켜안고 며칠을 울었다. 밤낮없이 며칠을 울고 나자, 혼탁했던 물이 앙금이 가라앉아 맑은 물이 되듯이 마음이 차분해지더구나."

"엄마가 우리에게 이런 말을 하는 까닭을 알고 싶어요."

"아무 말 보태지 말고, 엄마와 아빠의 결정을 존중해 달라는 거야. 그리고 마음을 다해 응원해 달라는 거야. 엄마는 아빠가 쓰고 싶은 시를 원 없이 다 쓴 다음에 이 세상을 떠나면 좋겠다. 엄마가 진심으로 바라는 게 바로 그거야. 고통 때문에 아빠가 너무너무 힘들어서, 아빠가 쓴 시에서조차 힘이 빠져나간 것 같은 느낌을 받았을 때, 엄마는 진실로 마음이 아팠다. 아빠가 시인이기 때문에 엄마가 결혼을 결심했던 건 아니지만, 엄마에게 아빠는 영원한 시인이니까."

두 아들의 눈에서 동시에 주르륵 눈물이 흘러내렸다.

"엄마, 아빠의 결정을 받아들이겠습니다."

그리하여 시인은 신장 이식 수술을 받았다. 수술은 성공적으로 이루어졌다. 시인은 남자 병동 중환자실에 누워서, 시인의 아내는 여자 병동 중환자실에 누워서 회복 시간을 갖게 되었다. 두 아들이 이쪽 병동과 저쪽 병동을 오가며 부모님을 간호했다.

신장 이식 수술을 받고 일주일쯤 지난 때였다.

수술을 집도한 의사가 시인에게 말했다.

"수술이 잘 되어서 회복이 빠른 편입니다. 다행입니다."

시인이 조심스레 물었다.

"제 아내가요? 아니면, 제가요?"

"남편 되시는 분은 회복이 빠른 편이고, 아내 되시는 분은 회복이 좀 더딘 편입니다. 하지만 걱정할 정도는 아닙니다."

시인이 물었다.

"왜 그렇습니까?"

"왜냐하면 신장이 다 망가져서 제 기능을 발휘하지 못하는 사람이 신장을 이식받으면, 건강을 회복하는 데 어려움이 덜합니다. 그와 반대로, 신장 하나를 떼어 준 사람은 갑자기 신장 하나가 사라졌기 때문에, 회복이 더딜 수밖에 없습니다."

"아, 그렇군요. 그게 그렇군요."

시인과 그 아내는 달포쯤 중환자실에서 회복 절차를 마쳤다. 그런 다음 퇴원하여 함께 강원도 횡성 보리소골로 돌아갔다. 시인이 참여하고 있는 모임방에 격려의 메시지가 쏟아졌다.

― 감동입니다. 눈물이 납니다. 요즘 세상에 이런 순애보가 있다는 게 크나큰 위안이자 희망입니다.

― 보리소골에 희망의 등불이 켜지고 환희의 나팔 소

리가 울려 퍼지는 듯합니다. 하느님도 응원해 주실 것입니다. 힘내십시오.

- 시인은 시를 쓰고, 시인의 아내는 두 사람 밥을 챙기며, 남은 인생 잘 살아가시길 바랍니다. 인생의 황혼녘 두 사람의 아름다운 모습 참으로 보기 좋습니다. 아낌없는 응원을 보냅니다.

- 앞으로 시인 부부에게 아픔은 멀리 달아나고 행복만 가득하기를 기원합니다.

- 쓰고 싶은 시 다 쓰시고 되도록 천천히 이 세상 떠나시기를 바랍니다. 그렇게 되기를 간절히 기도합니다.

- 두 손 모아 두 분의 쾌유를 빕니다.

- 마음이 알싸합니다. 참으로 아름답습니다. 아름다운 사랑입니다. 요즘 세상에 이런 사랑이 가능하리라고 상상을 못 했습니다. 그러고 보니 내가 속물이었다는 사실이 증명되었군요.

- 시인의 아내가 보여 준 지고지순한 사랑 앞에 고개가 절로 숙여집니다.

- 시인이 다니던 안흥초등학교 운동장에서 리어커에 시인과 그 아내를 태우고 몇 바퀴 신나게 돌아보고 싶습

니다. 시인과 그 아내의 건강과 행복을 기원하면서.
　- 그때 나도 리어커 끌고 한 바퀴쯤 돌 수 있게 배려해 주시오.
　- 시인의 아내여, 만세! 만세!

정의연

터럭 다리
고수
작별 연습
산속의 시인

정의연

2004년 소설 무크 《뒷북》 창간호에 〈풀벌레의 집〉,
〈다락방과 나비〉를 발표하며 작품 활동 시작.
2015년 청소년을 주인공으로 한 작품집 《스캔》 출간(필명 강물).
2020년 단편 〈그 여자〉 현진건문학상 우수작 선정(필명 강물).
2024년 베트남전 참전 한국군의 트라우마를 다룬 장편소설
《롱빈의 시간》 출간.
2024년 9월~2025년 1월 다음 브런치 스토리에 AI 러브봇
이야기를 다룬 장편 《안나》 연재.

터럭 다리

책 구입 비용을 절약하기 위해 중고책을 샀다. 끝을 향해 난폭하게 달려가는 기후 위기에 대한 죄책감, 이생을 누리면서 조금이라도 생존값을 해야 하는 것 아닌가 하는 부담감도 조금은 있었다.

밴빌의 소설 《바다》였다.

그레이스 부인의 속옷이 빨랫줄에 걸려 있기를 기대하는 소년이 부인의 집을 기웃거리는 장면에서 터럭 하나가 나왔다.

장엄한 활자의 바다에서 지렁이처럼 꿈틀거리는 꼬불꼬불한 검은 털!

아무래도 그 털은 누군가의 신체 중간에서 나온 것 같았다.

한동안 나는 그 터럭에 붙들려 있었다.

터럭의 성별을 묻는 것은 호기심의 차원일 뿐 부질없는 일이라고 눙치면서도 거기 쏠리는 마음을 아주 끊을 수는 없었다. 한 청년이 내 서재를 방문하기도 하고, 한 소년이 방문하기도 했다. 한 소녀가 방문하기도 했다. 때로 내가 또 다른 그들을 초대하거나 그들의 삶에 들어가기도 했다. 그들은 서로 그 터럭의 주인이 되고자 했다.

한낮에 《바다》를 마저 읽다가 의자에 앉은 채로 잠이 들었다. 꿈속에서 나는 터럭 하나로 만들어진 다리를 보았다.

넓고 긴 강 위에 터럭 하나가 놓여 있고, 사람들이 그 터럭 위를 걸어 강을 건너고 있었다. 자세히 보니 그 가운데 한 사람이 나였다. 터럭 다리 한가운데 이르렀을 때 나는 맞은편에서 온 사람과 마주쳤다. 터럭 다리의 폭이 좁아 둘은 서로 안다시피 교차해 서로를 보내고 강을 건넜다.

잠이 깬 뒤 나는 그 사람이 누구였는지, 남자였는지 여자였는지조차 기억나지 않았다. 그러나 그 사람에게서 강력한 체취가 났다는 것은 생생했다. 여기서 글로는 차마 표현할 수 없는 냄새였다.

그 꿈은 책 속의 터럭만큼이나 오래 나를 붙들었다.

그런들 어쩌겠는가. 그저 한 장의 꿈인 것을.

지금도 나는 그 터럭이 내게 무엇이었는지, 그 터럭에서 파생됐을 그 꿈이 내게 어떤 의미인지 가끔 생각한다.

그 터럭이 그 책 속, 그 장면에 들어가 있는 것이 우연일 수 있겠지만 내게는 어떤 의미로 다가왔다는 데서 대수롭지 않은 일만은 아니라는 생각이 자꾸 든다.

고 수

긴 백사장 끝자락에 작은 몽돌이 너덜겅을 이룬 바닷가였다. 겨울 아침 바다는 포슬포슬한 윤슬이 거울에 부딪힌 햇살처럼 반짝이고 있었다.

스산한 마음으로 잔잔하게 고여 있는 바다를 바라보고 있던 나는 배낭을 메고 온 두 중년 남녀가 서로 끌어안고 있다가 몽돌을 주워 배낭을 그득 채우는 것을 봤다. 그들은 유목민들이 초원에서 한겨울 연료를 얻기 위해 바짝 마른 소똥과 말똥을 줍듯이 진지했다.

그렇지만 그것은 그들의 일이었다. 나는 지금 계속 견뎌야 할지, 이쯤에서 멈춰야 할지 결정해야 했다. 보이는 것은 아무것도 없었다. 보이는 게 없다고 멈춰야 할까? 생의 숨을 끊어야 할까? 그러나 이렇게 지리멸렬한 삶을 유지하려고 여태까지 버틴 건 아니었다. 더 나아질 게 없다면 이 삶을 계속 이어갈 이유는 없었다.

몽돌로 배낭을 다 채운 그들은 옷을 하나씩 벗기 시작했다. 그들은 이내 알몸이 되었다. 그들은 벗은 옷들을 모래 위에 깔고 누워 오래도록 엉켜 있었다. 나는 그들에게서 눈을 뗄 수도 숨을 크게 쉴 수도 없었다.

어느 순간 그들은 다시 옷을 입고 있었다. 내 입에서는 저절로 한숨이 새어 나왔다.

옷을 다 입은 그들은 다시 배낭을 멨다. 배낭의 무게가 중력을 배가시켜 그들은 한 뼘쯤 키가 줄어 있었다. 한동안 껴안고 있던 그들은 손을 잡고 바다로 걸어 들어가기 시작했다. 물이 발목을 잠글 때 움찔하던 남자가 여자를 한번 쳐다봤다. 여자는 먼 바다를 봤다. 그들은 다시 바다로 들어가기 시작했다. 그들은 여전히 서로 손을 잡고 있었다.

바다가 그들의 무릎을 잠갔다.
바다가 그들의 사타구니를 잠갔다.
바다가 그들의 허리를 잠갔다.

바다가 그들의 가슴을 잠갔다.

그제야 나는 그들이 무얼 하려는지 알 것 같았다. 나는 그들을 붙잡아야 한다고, 소리쳐 불러야 한다고 용을 썼지만, 가위눌린 것처럼 목구멍에서는 어떤 소리도 나오지 않았다. 나는 후다닥 휴대전화를 꺼내 119를 눌렀다.

두 사람이 돌이 든 배낭을 메고 바다로 들어가고 있어요. 무슨 일이 생길 것 같아요.

거기 어딘데요?

몰라요. 바닷가예요.

위치 추적해 찾아갈 테니 최대한 말려 봐요.

네….

그 사이 바다는 그들의 목을 잠그고 머리를 잠갔다. 그들은 한 번도 뒤를 돌아보지 않았다.

전화를 끊으면서 나는 내가 실수했다는 걸 깨달았다. 그들은 흔적을 지우고 싶었던 것이다. 스스로 바다가 되어 이 세상을 텅 비워 버리고 싶었던 것이다.

30분쯤 뒤 구조대원들이 도착했다. 바다에는 아무것도 보이지 않았다.

어느 쪽이에요?

모르겠어요. 내가 잘못 본 것 같기도 하고….

구조대장이 어이없다는 눈길로 나를 봤다. 바다는 아무 표정이 없었다.

까닭을 물어도 답을 할 수 있는 사람은 어디에도 없었다. 다만 나는 다 내려놓은 초절정 고수들에게 한 수 배운 느낌이었다.

나는 자리를 털고 일어났다. 거기 그러고 더 있을 필요가 없었다.

작별 연습

장례식장 불빛이 밝다.
주차장에 차들이 그득하다.
누군가 생을 내려놓았다고
저리 불 밝혀 그들먹하게 환송연을 하고 있다.
그는 그곳에서 환영을 받을까?

사람들은 자신의 이야기를 남 이야기처럼 하는 재주가 있다.

산속의 시인

 시인의 집은 산속에 있었다. 더 정확하게 말하면 시인의 집은 산줄기가 두 팔을 벌린 듯한 두 산 사이 가운데 우뚝 솟은 산 중턱에 새집처럼 걸려 있었다. 시인의 집 마당에서 내다보면 겹겹의 산들이 푸른 이내 속에서 물결치며 흘러가는 풍경이 끝 모르게 아득히 펼쳐졌다. 한여름 저자의 열기는 간데없고, 서늘한 산 기운이 몸에 감기는 거기가 곧 무릉이었다.

 어떻게 살아?

 막 시인의 집 마당에 차를 대고 차에서 내린 소설가 A가 기다리고 있던 시인에게 물었다.

 꽃 가꾸고, 나무 가꾸고, 마당을 오가는 고양이 돌보고.

 그러고 보니 마당 끝 화단엔 여름꽃이 그득했다. A의

코가 저절로 벌름거렸다. 누군가 산속에 은은한 향수를 뿌려 놓은 것처럼 양지바른 곳에 떼 지어 모여 있는 해당화 향기가 집 둘레를 꽃 울타리처럼 휘감고 있었다. A는 순식간에 코에 감긴 해당화 향이 자신의 몸을 그윽하게 흔드는 것을 느꼈다.

하얀 해당화도 있어?!

문학 평론 하는 B가 꽃 가까이 다가가며 탄성을 질렀다.

남해를 지나다가 길가에 핀 것을 보고 너무 반갑고 고마워 뿌리를 쬐끔 떼어 모셔 왔어.

너무 이쁘네!

그렇지? 천안, 수원, 강릉, 상주, 구례…. 내가 새끼 기르듯 키워 친구들에게 분양해 줬지. 귀한 꽃이니 여기저기 퍼지라고.

여기 혼자… 외롭지 않아?

외로울 틈이 없네. 쟤네 돌보랴, 문득 그 님이 찾아오면 끄적끄적 받아 모시느라 나름 바쁘거든.

A의 물음에 시인이 희미하게 웃으며 대답했다.

흰 해당화가 귀하니까 정을 듬뿍 줬지. 양지바른 곳에

모셔 놓고 지극정성 돌봤으니까. 정성을 바친 만큼 잘 자라더라고. 그래서 여기저기 분양해 줄 수 있었어. 그런데 흔하다고 한 귀퉁이에 심은 붉은 해당화는 잘 자라지 않더라고. 겨우겨우 목숨만 이어 가는 것 같고. 차별이 지나치다고, 나를 원망하는 소리가 들리는 것도 같고. 너무 안돼 보여 양지바른 곳에 옮겨 심었지. 그때부터 정말 무슨 한풀이를 하듯 쑥쑥 자라 옆으로 옆으로 번지더라고. 놀랐지. 엄청 미안하더라고. 그래서 볼 때마다 사과했어. 미안하다, 홀대해서. 이젠 안 그럴게. 차별 안 할게. 마누라도 없고 자식도 없으니까, 쟤네들이 내 식구지. 말동무고.

그가 다시 씨익 웃었다. 그 웃음 속에 어쩔 수 없는 외로움이 물감처럼 묻어 있는 것 같다고 A는 생각했다.

그동안 출간한 저작들을 서로 나누고, A와 B는 도시마트에서 사온 술과 안주를 풀었다. 술이 몇 순배 돌자, 시인이 시렁에 올려놓은 기타를 내렸다. 시인의 첫 노래는 '모란 동백'이었다. '나 어느 변방에'는 '나 어너 변방에'로 발음되고, '떠돌다'는 '뜨돌다'로 발음되는 노래는 애잔하게 가슴을 울렸다.

이제하 작가 오리지날 버전이야. 나는 다른 가수

노래, 특히 조 머시기 노래는 안 들어.

　같은 노래도 다른 빛깔의 노래가 있다는 건 좋은 일이잖아? 누군가는 그 다른 빛깔을 즐길 수 있고.

　평론가 B가 시인을 빤히 쳐다보며 퉁을 주듯이 말했다. 뭘 그렇게 차별하냐고.

　나는 싫어. 천박해서.

　거기 뭘 덧보탤 것은 없었다. 취향이 서로 다른 것일 뿐이었다.

　'빈산', '친구', '동백 아가씨', '봄날은 간다', '알함브라 궁전의 추억', '유 레이즈 미 업', '넬라 판타지아', '쑥대머리', '호남가', '백발가'까지 그 혼자 부르거나 함께 부르는 노래, 그리고 기타 혼자 부르는 노래는 끝없이 이어졌다. 그의 목소리는 좀 쉰 맛이 났지만, 그의 손과 영혼이 연주하는 기타 선율은 전문가의 솜씨였다. 노래가 반주보다 승했던, 학교 뒷골목 주막이나 기운을 잃어 가던 동아리방에서 기타를 붙잡고 웅크리고 있던 대학 시절의 어설픈 탄주가 아니었다.

　들어주는 사람 있으니 노래하는 맛이 나네. 보통은 쟤네들이 들어주거든.

그의 눈 거울에 화단의 꽃들과 집을 둘러싼 나무들, 그리고 마당 끝에 몸을 큰대자로 펼쳐 놓고 잠이 든, 옅은 치즈 빛깔 줄무늬 고양이 한 마리가 들어 있었다.

A와 B가 사온 술과 안주는 동이 났다. 시인은 자신의 건강을 돌보기 위해 약으로 담가 놓았다는 백하수오 적하수오 술과 산마늘잎 장아찌를 내놨다. 술맛은 깊고 안주 맛은 강했다.

좀 있다 시인은 물을 주며 입을 가시라고 하고 붉은 꽃잎, 흰 꽃잎을 펼쳐 옅은 설탕물에 잰 해당화 잎 몇 장을 앙증맞은 질그릇 접시에 내왔다.

꽃이 질 때 담가 봤어. 향기를 혹 모아 둘 수 있을까 고민하다 이렇게 하면 어떨까 싶더라고. 꽃을 좀 더 오래 볼 수 있겠구나 싶기도 하고.

A는 시인이 내온 해당화 꽃잎을 코에 대보고 혀에 올렸다. 꼭 해당화 향이라고 짚어 말할 수 없는 또 다른 향이 입안에 퍼졌다. 차마 씹지 못하고 입에 머금고 있으면서 A는 시인의 애틋한 마음을 혀로 감아 보았다. 섬세의 깊이는 층이 많은 것 같았다.

긴 여름 해가 지고 창밖은 산속 어둠이었다.

산속의 시인

B는 일어설 채비를 했다. 내일 일정이 있어서 가야 한다고, B가 미리 얘기한 바 있어 A는 술을 자제했던 터라 고개를 끄덕였다.

안 돼. 그 몸으로 못 가. 술 깨고 내일 가.

가야 돼. 서운하면 몇 잔 더 먹고 갈게.

무릎을 펴고 일어섰던 B는 도로 주저앉았다. A는 B가 가야 한다는 것, 끝내 갈 것이라는 것을 알기 때문에 그때부터는 물만 마셨다.

다시 노래가 이어지고, 시 이야기 소설 이야기 세상 문학판이 거기 산속 앉은뱅이 주탁에 펼쳐지고, 다시 노래가 이어졌다. '기차는 8시에 떠나네'를 A와 B가 아그네스 발차의 그리스어 버전으로 부르고, 시인이 조수미의 한국어 버전으로 불렀다. 그리고 A와 B가 '벨라 차오'를 손바닥으로 주먹으로 주탁을 두드리며, 시인이 반주 틈틈이 기타 통을 두드리며 그 시절처럼 함께 불렀다. 벅찬 리듬으로 이어지는 벨라 차오, 또는 차오 벨라는 그들을 그 주막이나 동아리방에서처럼 주먹을 불끈 쥐게 하고 가슴을 웅장하게 했다. 그때까지도 시인은 크게 취한 기색이 보이지 않았다. 다만 기분이 좋아 보일 뿐이었다.

산속에서 살면, 청정 자연의 혜택을 받으면 저리 건강해지고 술이 세지는 것일까?

A는 새삼 놀라웠다. 몸이 안 좋아 산에 들어온 예전의 시인이 아니었다.

아까도 말했지만, 낼 중요한 약속이 있어. 학교를 서울로 옮기게 될 수도 있거든.

시인이 잠깐 자리를 비운 사이, 눈이 게슴츠레해진 B가 혼잣말처럼 중얼거리며 일어섰다.

지방 대학에 오래 있었던 B는 가족이 있는 서울로 가는 게 오랜 소망이었다.

A는 가까스로 몸을 가누는 B를 따라 일어서 방문을 열었다.

산속의 밤 열 시는 말 그대로 암흑이었다. 열린 방문을 따라나선 방안 불빛은 팔이 너무 짧았다. 마당 끝 측간에 다녀오던 시인이 뜨악한 눈길로 두 사람을 바라봤다.

왜 나왔어?

가야 돼. 낼 중요한 약속이 있어.

B가 몸을 휘청이며 마루에서 마당으로 내려섰다. 먼저 내려간 A는 차 시동을 걸었다.

안 돼. 난 친구들 잃기 싫어. 큰길까지 가는 길이 천 길 낭떠러지라고. 밤길에 술 마시고, 안 돼, 못 가.

시인은 차 앞을 막아섰다.

술 깼어. 저녁때부터는 물만 마셨거든.

A는 괜찮다고 시인을 달랬다. 시인은 막무가내였다.

니들 가면 112에 신고할 거야. 그래도 갈 거야?

가야 돼. 중요한 약속이 있어. 자네 땜에 술도 다 깼고.

B가 자세를 가다듬으며 말했다.

그래도 안 돼.

말이 끝나는 것과 동시에 시인이 어딘가로 전화했다.

112죠. 여기 삼신산인데요, 음주 운전 하려는 사람이 있어 신고하는 거예요. 얼른 와 보세요.

처음에 A는 시인이 장난하는 줄 알았다. 다른 친구나 지인한테 전화해 웃자고 하는 말인 줄 알았다.

저쪽에서 정확한 위치와 지번을 묻고, 시인이 그 대답을 하고, 저쪽에서 다시 거기까지 출동하는 데 30분이 걸린다고 그때까지 차 출발하지 못하도록 잡아 놓고 있으라고 하는 말이 스피커폰으로 들리고 나서야 시인이 정말로 경찰에 신고한 것을 알 수 있었다.

미친놈 아냐?

A와 B는 황당함을 감출 수 없었다. 사람이 외따로 고립돼 살다 보면 괴팍해진다더니 딱 그짝이었다.

경찰 오기 전에 우리 출발할게. 나 술 다 깼어.

A가 말했지만, 시인은 들은 척도 하지 않았다. 차 앞에서 한 발짝도 몸을 옮기지 않았다.

우리가 이것밖에 안 되는 거야? 대학 때부터 20년 넘는 우정인데?

B는 끝내 섭섭함을 감추지 못했다.

어둠과 침묵이 차돌처럼 뭉쳐 있는 산속을 해당화 향과 풀벌레 소리가 점령군처럼 포위하고 있었다.

경찰차 헤드라이트 불빛이 시인의 집을 훑으며 마당 끝에 섰다. 플래시와 야광봉을 든 경찰 둘이 느릿느릿 차에서 내렸다.

신고하신 분인가요?

경찰 하나가 플래시를 켜며 차 앞을 막아서고 있는 시인에게 물었다.

네, 맞습니다. 이 사람들이 술 마시고 운전하려고 해서요.

시인이 당당하게 고자질했다. 그의 말투를 보면 전혀 고자질하는 태도가 아니었다.

잘하셨습니다. 음주 운전은 절대 안 됩니다.

그렇게 말하는 경찰의 얼굴은 황당한 표정을 감추지 못하고 있었다.

A는 이 사태를 어떻게 수습해야 하나 고민하다 타협책을 제시했다.

음주 측정해서 수치가 운전 불가로 나오면 운전하지 않을게요.

그러는 게 좋겠습니다. 부시죠.

경찰 하나가 어둠 속에서 음주측정기를 A에게 내밀었다. A는 마우스에 입을 대고 힘껏 불었다. 액정화면에 0.02가 떴다. 다시 해도 마찬가지 0.02였다.

술을 드시긴 했네요. 아슬아슬하게 단속 대상 수치는 아니지만. 그래도 운전은 하지 않는 게 좋겠습니다. 시간이 지나면서 수치는 변할 수 있으니까요.

급한 약속이 있어서 가야 합니다. 문제가 안 된다면 출발하겠습니다.

A의 곁에 있던 B가 말했다. B의 입에서 나온 술냄새

가 더 짙어진 해당화 향과 섞여 어둠 속으로 퍼져 나갔다. 밤 열한 시였다.

알아서 하십시오. 그러나 안 하시는 게 좋겠습니다.

경찰이 말렸다. 당혹해하는 경찰의 표정이 어둠 속에서도 확연했다. B가 고개를 흔들며 차에 탔다.

어쩔 수 없네요. 큰길까지 모시겠습니다.

시인이 황당한 표정으로 차에 타려는 두 경찰과 A를 쏘아봤다.

신고 고맙습니다. 그저 안전이 제일입니다.

시인에게 고개를 끄덕하고 경찰이 차에 올랐다.

잠깐 기다려요!

시인이 소리치고 집안으로 들어갔다.

얇은 책 두 권을 들고 나온 시인이 경찰에게 소속과 이름을 물었다. 두 경찰은 당혹스러워하면서도 자신들의 소속과 이름을 밝혔다. 시인은 들고 온 책 속지에 그들의 소속과 이름을 적고 사인을 한 뒤 그들에게 건넸다.《다시 만난 세상, 숲속》, 시인의 신간 시집이었다.

밤길 오신 두 분에게 이 산이 주는 선물입니다.

경찰차가 앞장서고 A와 B가 탄 차가 뒤를 따랐다.

A는 어쩔 줄 몰라 하는 시인의 표정을 백미러로 읽을 수 있었다.

경찰차가 어둠을 가르며 길을 열었다. 30분이 지나자, 큰길이 나왔다. 경찰은 A가 운전하는 차를 세우고 다시 음주 측정을 했다. 결과는 같았다.

조심해서 가세요.

소리치는 경찰에게 A는 고맙다고 손을 흔들었다. 옆자리의 B는 잠들어 있었다.

자정이 가까워 오는 시골은 큰길에도 차가 없었다. A의 차는 낯선 고요 속을 혼자 헤엄치고 있었다. 시간이 지날수록 A는 자신이, 자신이 몰고 있는 차가 물속을 헤엄치다 가라앉는 것 같은 느낌 때문에 힘이 들었다. 자신에게 몇 배 더 무거운 중력이 작용하는 것 같았다. 그러다 A는 문득 시인이 고양이와 꽃과 나무와 말을 나누는 장면을 떠올렸다. 뒤이어 그 산속에 혼자 남겨진 시인의 모습이 떠올랐다. A는 흐느적거리는 자신의 몸에 속울음이 차오르는 것을 느꼈다. A는 차를 세우고 B를 깨웠다.

낼 약속 빵꾸 내면 안 돼?

무슨 말인지 몰라 한참을 헤매던 B가 가래 낀 목소리

로 나지막하게 말했다.

안 돼. 20년을 기다린 일이야.

알았어. 그럼, 새벽에 출발하자.

황당해하는 B의 표정을 보며 A는 차를 돌려 오던 길을 더듬어 갔다. 자신이 운전하는 차 헤드라이트 불빛이 산속 어둠을 열어 가는 모습을 보며 A는 자신들이 삼라만상을 잠재운 이 산속 깊은 어둠처럼 해가 뜰 때까지 누군가의 들썩이는 가슴을 가만 덮어 줄 수 있는 사람이었으면 좋겠다고 생각했다.

최서윤

삼마치의 전설
노란 부표가 있던 풍경
첫사랑의 맛
침묵의 얼굴

최서윤

1996년 문학 계간지 《소설과 사상》에 단편
〈선로 위에서〉로 등단.
창작집 《길》.

삼마치의 전설

 오음산 정상에 다섯 개의 봉우리가 있다.
 오래전 한 예언가는 마을에 다섯 명의 장수가 태어날 것이고, 그 후 재앙이 닥칠 것이라 예고했다.
 동네 사람들은 장수가 태어나지 못하도록 봉우리마다 끓는 쇳물을 부었다.
 닷새 동안 굉음이 울려 퍼진 뒤, 상처 입은 세 마리 말이 고갯마루를 넘어갔다.
 그때부터 사람들은 그 아래 마을을 '삼마치'라 불렀다.

* * *

 "저 소리 들려?"

한밤중, 화장실에 다녀온 선이가 이불 속에 들어오는 순간, 진희가 속삭였다.

"응? 무슨 소리? 아직 안 잤구나!"

"저 소리에 깼어."

선이는 귀를 기울였지만, 들리는 것은 양변기에 물 채우는 소리뿐이었다.

"내가 깨웠나 봐. 미안해. 어제 맥주를 너무 마셨더니…."

선이는 미안한 마음에 진희를 재우려 했지만, 막 잠이 들려던 그녀는 다시 깨어났다.

"따그닥, 따그닥. 말발굽 소리 들리잖아!"

진희의 다급한 목소리에 선이도 숨을 죽였다.

정적 속에서 무언가 들리는 것 같았다.

더 자세히 듣고자 일어나 방 불을 켰다.

주홍빛 알전구 아래, 작게 난 유리창 너머로 어둠이 번지고 있었다.

선이는 창가에 귀기울이다 방 안에서 소리가 난다는 걸 알아챘다.

벽을 돌며 소리의 근원을 찾다가 멈췄다.

"이거네."

벽에 걸린 둥근 시계를 떼어, 뒷면에 끼워진 건전지를 꺼냈다.

* * *

산길이 사람 하나 겨우 지날 수 있을 정도로 좁아졌다.

세 사람은 한 줄로 서서 걷다가도 앞뒤로 고개를 돌려가며 이야기를 이어갔다.

"미희, 어젯밤에 우리가 그렇게 떠들었는데도 꼼짝않고 자더라. 대단해!"

"미인은 잠꾸러기라잖아."

미희가 웃으며 대꾸했다.

"근데 어제 늦게까지 수다떨다 잤는데, 너희들은 무슨 얘길 다 못 해서 자다 일어나 또 했니?

진희가 자다가 말발굽 소리를 들었다는 이야기에 미희가 웃음을 터뜨렸다.

선이가 덧붙였다.

"비슷한 아기 장수 전설은 전국에 퍼져 있어. 중앙집

권 체제를 위협하는 지방의 영웅을 두려워한 이야기들이야."

그러자 진희가 말했다.

"서양에도 비슷한 게 있잖아. 오이디푸스 신화."

"그러네. 태어날 아들을 죽이려 하거나, 아들이 아버지를 죽이는 이야기. 근친 살해, 세대 갈등."

"어떻게 보면 세 마리 말이 상징하는 건 시간 싸움이네. 과거, 현재, 미래가 하나로 이어져 있는데 그걸 분리하려니까 상처난 세 마리 말이 된 거지."

"진희야, 그래서 네가 어젯밤에 시계 소리를 말발굽 소리로 들은 거야?"

"모르지, 호호호!"

대화는 길이 험해지면서 끊겼다.

겨우내 쌓인 눈은 길을 질척이게 하고, 얼음을 덮어 미끄럽게 했다.

산기슭에 낸 길을 지나면서는 계곡 밑으로 굴러떨어질까 조심해야 했다.

부러진 소나무가 길을 막는 곳도 있었다.

한 줄로 서서 묵묵히 걷는 세 여자.

겨울 산의 적막 속, 발소리가 쩌렁쩌렁 울려 퍼졌다.

얼음 속을 흐르는 물소리가, 천장처럼 덮인 얼음을 툭툭 치며 지나갔다.

* * *

수타사 계곡을 돌아본 뒤, 홍천 온천에 들렀다.

도시 목욕탕보다 소박한 시설이지만, 물 좋기로 소문난 온천은 기대 이상이었다.

온천욕 덕분인지 볼이 발그레해진 얼굴들을 마주보며 산골 정식을 먹었다.

일박 이일의 짧은 일정을 마치고 돌아가는 길.

차 안은 흡족한 분위기로 가득했다.

"집이란 참 이상해."

운전석의 미희가 말했다.

"어제 떠날 때 그렇게 좋더니, 오늘 돌아가는 것도 이렇게 좋네."

"집이 이상한 게 아니라, 여행이 이상한 거야."

곁에 앉은 선이가 웃었다.

"여행이 집을 돌아가고 싶은 곳으로 만들어 주는 거잖아."

"여행 만세!"

미희가 두 팔을 번쩍 들며 외쳤다.

차가 고속도로에 들어서자, 뒷좌석에 앉은 진희가 말을 꺼냈다.

"예언에 들어 있는 불행 말이야, 피하려고 애쓰는데 나중에 보면 그게 불행의 수단이 되더라. 오이디푸스를 아기 때 내버리지 않았으면 아버지를 몰라보고 죽이지 않았겠지."

미희가 시야를 가로막던 화물차를 피하며 말했다.

"왕이 아기를 죽이려 했어. 양치기가 살려 줘서 그렇게 된 거야."

진희가 이어 말했다.

"불행을 피하는 방법을 제대로 택했든, 실패했든, 결국 예언은 실현돼. 그런 의미에서 '예언'은 설계야. 암시를 통해 현실을 만들어내는."

선이가 동의했다.

"가짜 뉴스가 하는 일과 비슷하네. 의도한 바를 실현

하려는."

"맞아. '태초에 말씀이 있었다'는 말처럼, 이야기가 현실을 만드는 거야. 그리고 현실은 다시 이야기를 낳고."

운전하던 미희가 웃으며 외쳤다.

"집이 여행을 만든다? 그러므로 집 없는 떠돌이에겐 여행이 없다?"

그리고 핸들을 꽉 붙잡은 채 다시 외쳤다.

"집 만세!"

차는 일정한 속도로 고속도로를 달려갔다.

겨울 햇살 아래, 돌아가는 길도 여행 같았다.

노란 부표가 있던 풍경

입춘 추위가 지나갔다.

섣불리 봄을 기대했다가 움츠러든 몸과 마음을 풀고 싶어 동해안으로 달렸다.

경포 해변과 송림 사잇길을 지나 강문, 송정, 안목을 거쳐 남항진이 건너다보이는 솔바람 다리 옆에 차를 세웠다.

차에서 내리자, 상쾌한 바람이 부드럽게 와닿았다.

연청색 바닷물이 멀지 않은 곳까지 봄을 밀고 온 듯했다.

"노란 부표가 안 보이네."

"공사 끝난 모양이지 뭐."

건너편에 새로 생긴 방파제 뒤로, 말끔하게 정비된

남항진 해안이 펼쳐져 있었다.

"여기 오면서 그게 제일 보고 싶었어…."

사고로 친구를 잃은 뒤, 우리는 오랫동안 이곳에 오지 못했다. 변한 모습을 보니 서운하면서도, 한편으로는 마음이 홀가분했다.

'세상은 변하는 거야. 너도 변하고, 나도 변하고, 있던 것이 사라지고, 없던 것이 생겨나고….'

마치 명쾌한 수학 명제를 깨달은 듯, 마음이 가벼워졌다. 만약 노란 부표가 여전히 있었다면, 어쩔 수 없이 눅눅한 슬픔에 젖었을지도 모른다.

* * *

몇 해 전, 그는 승진과 함께 지방 발령을 받았다.

연말에 모인 친구들은 축하 겸 위로 겸, 그를 방문하자고 의기투합했지만, 실행에 옮기기까지 두 달이 넘게 걸렸다.

그는 주문진 바다가 내려다보이는 언덕 위, 오래된 마을에 살고 있었다. 손바닥만 하다던 마당에는 파, 시금치,

마늘 같은 채소들과 추운 겨울을 뚫고 핀 수선화 무리가 자라고 있었다.

쾌청한 겨울 햇살 아래, 수선화의 노란 꽃잎은 금빛처럼 반짝였다.

다음날 아침, 그는 수선화 세 뿌리를 캐어 들고 호텔로 찾아왔다. 우리는 그 정성에 놀라며 그를 따라 다시 바닷가로 향했다.

안목해변을 지나 남항진 솔바람 다리 옆. 남대천 모래사장에 돗자리를 깔고, 회와 소주를 펼쳐 놓았다.

나는 품에 안고 있던 수선화를 조심스레 곁에 내려놓았다.

그가 낚싯대를 드리우고 나서, 우리는 주변을 산책했다.

죽도봉 전망대에 올라, 해안 경비대 초소와 빽빽한 소나무 숲을 지나, 다시 다리 위에 섰다.

바다를 내려다보니 노란 원뿔 모양의 부표가 바람에, 물결에 끊임없이 흔들리고 있었다. 그 끝에 뾰족한 안테나를 달고, 삐에로처럼 환호하며 춤추다가, 어떤 순간에는 슬픔에 겨워 흐느끼는 듯했다.

커다란 물결이 덮쳐 올 때마다 물속으로 빠져들다

다시 솟아올랐다.

"저기 바다 위에 떠 있는, 삐에로 같은 게 뭐야?"

내가 묻자, 그는 웃으며 대답했다.

"노란 부표야. 공사장 주변을 표시해서 배들이 접근하지 못하게 막는 거야."

그는 설명을 덧붙였다.

"해마다 해안 모래사장이 여의도만 한 면적만큼 사라진대. 방치하면 언젠가는 다 없어질 거야."

곁에 있던 친구가 말했다.

"넌 참, 아는 것도 많다."

하지만 그는 아는 것만 많은 사람이 아니었다. 남의 사정을 헤아리는 마음도 많았다.

친구들이 한참 어울려 다닐 때 유난한 술꾼이 한 명 있었다. 그는 새벽에 출근한 청소부에게 배턴 터치할 때까지 밤거리를 쓸고 다니며, 영업 중인 술집을 찾아 전전했다. 다음날 출근할 걱정으로 친구들이 붙잡는 그를 뿌리치고 택시에 오를 때 '어쩌지?' 하면서 돌아보다 결국 그에게 다가가 함께 가는 뒷모습을 달리는 택시 안에서 내다본 적이 여러 번이다.

* * *

"노란 부표는 어디 갔을까?"

"다른 바다, 다른 공사장 근처에서 배들의 안전을 지키면서 흔들리고 있겠지."

그는 언젠가 말했다.

"생의 숙제를 다 마치면, 이곳에 돌아와 그림을 그릴 거야. 아침에 바다에서 떠오르는 해를 그리고, 밤새 조업을 마치고 돌아오는 고깃배를 그리고, 햇빛과 바람이 만들어 놓은 어부들의 주름진 얼굴을 그리고 싶어."

그러나 그는 갑작스러운 사고로 세상을 떠났다.

지금, 그는 저 세상에서 해를 그리고, 배를 그리고, 어부를 그리고 있을까?

나는 '하늘 자전거'를 타고 남항진 바다를 건너는 사람들을 바라보며, 생과 사의 다리를 건넌 그를 그리워했다.

'봄볕에 빛나던 노란 꽃잎처럼,
내 눈물에 어리는 당신의 환한 미소,
그립습니다.'

첫사랑의 맛

연주가 결혼했다는 소식을 들었다.

우리는 대학 때 만나 한동안 꼭 붙어 다녔다. 헤어졌다 다시 만나기를 반복하면서도, 나는 지금 헤어져 있어도 언젠가 다시 만날 거라 믿었다. 결혼한다면 반드시 그녀와 할 거라고도.

첫사랑이었던 우리는, 이성적으로 생각하면 말도 안 되는 맹세를 수도 없이 주고받았다. 싸움도 많았다. 그렇지만 서로가 서로의 첫사랑이라는 특별한 자리를 차지하고 있으니, 어떤 상대도 그 자리를 빼앗을 수 없을 거라 믿었다.

나는 현실이 그렇지 않다는 걸, 현실이 벌어진 뒤에야 알았다.

"연주가 무미건조한 남편이랑 살다 보면, 때때로 네 생각 하겠지."

엄마가 말했다.

"넌 여자 마음을 참 잘 헤아려 줬잖니? 대학 때 공부 안 하고 여자애 쫓아다니느라 취직도 늦었고. 그러니까 걔가 좋은 자리 잡은 남자한테 간 거지."

"엄마! 지금 나 놀리는 거야, 위로하는 거야?"

"잊을 건 빨리 잊어. 세상에 반은 여자야. 걔보다 좋은 여자 많고 많아."

"엄마, 이건 더 좋고 나쁘고의 문제가 아니야. 나는 순박했던 그 시절로 돌아가서, 걔 같은 애를 다시 만날 수 없다고."

엄마는 웃으며 말했다.

"걔도 이젠 순박하지 않아. 그러니까 다른 사람하고 결혼했지. 계산기 두드려 보니까 너랑은 안 되겠다 싶어서, 호호!"

나는 심각했고, 엄마는 재미있어했다.

그 웃음이 얄미워서, 나는 집을 나섰다.

* * *

친구들이 유난히 반겼다. 내가 몸이 아파서 안 간다고 했었기 때문이다.

대학 때 러시아에 교환학생으로 가서 만난 친구들 모임이다. 그들 중 한 쌍이 작년 겨울에 결혼했다. 부부가 축하객으로 갔던 친구들을 답례 겸 집들이에 초대했다.

날짜를 겨울이 끝나 갈 즈음 러시아에서 열리는 봄 축제 '마슬레니차' 기간으로 잡았다. 내가 갔을 때 축제 음식인 블리니를 만든다고 수선을 피우고 있었다. 식탁 위에 놓여 있는 연어알, 캐비어, 버터, 스메타나, 훈제 연어, 꿀을 보자 그곳에서 맛보았던 정취가 확 느껴졌다. 그것들을 보들보들한 블리니에 싸서 먹을 생각을 하니 벌써 입안에서 군침이 돌았다.

'역시 오길 잘했어!'

러시아에 있을 때 친구들과 러시아 친구의 시골집에 간 적이 있다. 그곳에서 함께 블리니를 만들었다. 블리니는 '젠장!'이란 뜻을 지닌 러시아 단어 '블린'의 복수형이다. 얇고 하늘거리는 빈대떡 같은 것이 팬에서 잘 뒤집히

첫사랑의 맛

지 않아서 찢어질 때 "블린(젠장)!" 하고 내뱉는 말에서 유래된 요리 이름이다. 처음에 만든 블리니는 아직 길들지 않은 팬과 익숙지 않은 솜씨로 실패할 확률이 높았다.

그래도 첫 블리니는 반드시 집안 어른께 드려야 한다는 러시아 친구 말을 듣고 찢어져서 둥그런 모양이 나지 않는 것을 들고 친구 할머니한테 갔다.

"할머니, 첫 번째 블리니 가져왔어요. 잘 안 됐네요. 죄송해요."

그녀가 1인용 소파에 앉아서 인자한 미소를 짓고서 한 말을 우리 모두 기억한다.

* * *

"이걸 왜 나한테 줘?"

안주인이 나를 향해 접시를 내밀었다. 접시 위엔 찢어져 너덜너덜한 블리니가 있었다.

"너 요즘 몸도 마음도 아프다며? 그래서 오늘 널 어른으로 모시기로 했어."

나는 그 블리니에 캐비어를 올려 입에 욱여 넣었다.

"블린(젠장)!"

"그건 요리할 때 하는 말이고,"

친구들이 웃으며 합창했다.

"어르신은 덕담을 하셔야죠!"

"무슨 덕담?"

내가 뾰로통하게 묻자, 친구들은 손뼉을 치며 다시 외쳤다.

"괜찮아! 괜찮아! 괜찮아!"

그 강요하는 눈빛에, 나는 어쩔 수 없이 말했다.

"처음엔, 다 그래."

침묵의 얼굴

우리는 조금 늦었다.

뒷문을 열고 조용히 들어서자, 이미 먼저 온 회원들이 여러 줄로 앉아 있었다.

빈자리를 찾아 앞으로 걸어가는데, 함께 온 친구가 멈춰 서서 앞을 가리켰다.

"저거 좀 봐."

그가 신기하다는 듯 가리킨 곳에는 고무신 한 켤레가 놓여 있었다.

나는 말했다.

"서 있지 말고, 자리에 앉아. 돌아보면 다시 볼 수 있을 거야."

우리는 나란히 빈자리에 앉았다.

최서윤

나는 뒤를 돌아다보았다.

그러나 고무신은 보이지 않았다. 사라진 것인지, 서 있을 때만 보이던 것인지 알 수 없었다.

맨 앞, 회원들을 향해 앉아 있던 요가 선생이 말했다.

"이제 한 분만 더 오시면 시작할게요."

흰머리가 섞인 단발머리를 한 그는 책상다리로 앉아, 왼쪽 엉덩이를 살짝 들어 고쳐 앉으며 활짝 웃었다.

잠시 후, 종일 집 안에서만 지낸다던 그의 부인이 멋지게 차려입고 나타났다.

그녀가 뒷문을 열고 들어와 앉아 있는 회원들을 지나쳐 요가 선생에게로 성큼성큼 다가갔다.

그녀 뒤로 세련된 차림의 딸이 따랐다.

두 사람은 요가 선생에게 어디를 간다고 짧게 전하는 것 같았다.

그들의 차림새로 보아 무슨 좋은 일이 생긴 듯했다.

그들은 미안하거나 아쉬운 표정조차 짓지 않았다.

요가 선생을 오래 쳐다보거나 눈을 마주치는 일도 없이 바삐 돌아섰다.

나는 요가 선생에게 다가가 물었다.

"무슨 일 있으세요?"

그는 짧게 대답했다.

"저도 몰라요."

나는 곁에 앉은 친구에게 속상한 마음을 털어놓았다.

"어쩌면 저럴 수가 있어?"

하지만 친구는 내 감정에 동조하지 않았다.

심지어 아무런 반응도 보이지 않았다.

회원들은 아무 말 없이 자리에 앉아 있었다.

무엇을 기다리는지, 누구도 움직이지 않았다.

답답해진 나는 다시 요가 선생에게 물었다.

"오늘 수업은 어떻게 되나요?"

그는 짧게, 무심히 대답했다.

"오늘 요가 수업 없어요."

여태 기다리게 해놓고, 일방적으로 통보하다니.

분노가 치밀었다.

그동안 그는 늘 친절하고 다정했으며, 이해심 깊었다. 때로는 지나치다 싶게 남의 사정을 캐묻고, 공감하는 척했다.

그런 모습들은 모두 어디로 사라진 것일까?

'이 사람, 제멋대로고 냉정하기까지 하잖아.'

나는 속으로 중얼거렸다.

지금 당장 수업을 그만두겠다고 말하고 싶었다.

하지만 이미 수강료를 지불한 터라, 돌려받을 수 없을 거라는 계산이 발목을 잡았다.

그리고 그들 부녀에게 무슨 일이 생긴 것인지, 요가 선생뿐만 아니라, 나만 빼고 모두 알고 있다는 느낌이 들었다.

그걸 내게 말해 주지 않는 얼굴들.

그 얼굴들이 무서웠다.

한상준

'바다'를 품다
밤길, 눈길
설핏, 꽃처럼 피어났다

한상준

1994년 《삶, 사회 그리고 문학》에 〈해리댁의 망제〉로 등단.
소설집 《오래된 잉태》, 《강진만》 《푸른 농약사는 푸르다》,
《미완의 귀향》, 장편소설 《1986, 학교》,
산문집 《다시, 학교를 디자인하다》.
미니픽션 창작집 《민규는 '타다'를 탈 수 있을까?》.

'바다'를 품다

"와, 와."

모두가 한껏 들떠 외쳤다. 200만이 모였다는 국회 앞 시위 군중들의 환호하는 모습이 무대 위에 설치된 스크린에 떴다. 응원봉이 색색으로 빛났고, 종이 피켓이 거대한 물결을 이뤘다.

"여기도 천 명은 되는 것 같은데."

훈영이 주위를 휘휘 둘러봤다.

"그러게. 이런 적이 있었어?"

초등학생도 보였고, 젊은이들이 더 많았다. 훈영이 고개를 저었다.

"국민의, 명령이다. 내란 범죄, 윤석열을, 구속하라."

사회자의 구호에 시민들이 연창했다. 무대 앞쪽에서

풍물패가 분위기를 북돋웠다. 아스팔트에 쪼그리고 앉았던 사람들이 일어났다. 오리털 파카, 털모자, 입마개, 장갑까지 둘둘 싸매고 왔지만 추웠다.

"가자."

국회 탄핵 절차가 일단 마무리됐다. 12·3 비상계엄 선포와 국회에 난입하는 집총한 군인들 모습에 훈영은 안절부절못했고, 극도의 불안 상태로 빠져들었을 테다. 훈영은 중학교 졸업을 광주에서 했고, 10대 때 목격했다는 5·18, 그 트라우마에 짓눌리곤 했다.

주최 측에서 제공하는 따듯한 오뎅 국물을 시민들이 마시고 있다. 훈영이 이끄는 대로 그녀들을 힐끗 건네보며 지나쳤다. 주차장으로 향했다. 그가 차를 모는 대로 따랐다. 차의 방향과 주위를 보며 그가 가려는 곳을 짐작했다.

바닷가로 나섰다. 오랜만에 바다에 왔다. 12월 중순, 매서운 바람이 몰아쳤다. 옷깃을 여미고, 훈영과 팔짱을 꼈다. 백사장 모래는 사각거리며 발밑에서 움찔움찔 떨었다. 해가 서녘으로 시나브로 기울어 갔다. 훈영과 나는 우두커니 서서 함지 쪽으로 자빠지는 해에 시선을 붙박아

됐다. 한동안 말없이 바라봤다. 이내, 수평선에 붉은 몸체를 얹었다. 훈영이 기거하는 여수 인근에서 유독 수평선이 둥그렇게 보이는 바다였다. 훈영이 가끔 찾던 터여서 나 또한 낯익은 곳이었다. 수평선이 펼쳐진 물속으로 태양이 성큼성큼 빨려들고 있다는 느낌이 확 밀려왔다. 쓰윽, 수면 아래로 가라앉았다.

"노을이 참 좋네."

훈영은 그저 함지 쪽에 시선을 고정해 뒀다.

서녘 하늘엔 넓은 보자기처럼 노을이 펼쳐졌다. 한참 뒤, 훈영이 노을을 바라보며 무슨 말을 하려다, 삼켰다. 그의 옆얼굴을 봤다. 파리한 노을빛이라고나 할까, 붉지만 파리했다.

"한강의 노벨문학상 수상 소감 강연, 들었어?"

뜬금없는 물음에 머뭇거렸다. 훈영은 대답을 기다리지 않았다.

"그냥, 복받치더라고."

어둠이 시나브로 내려앉고 있었다. 그를 힐끗 건네보았다. '그냥, 복받치더라'는 그의 마음속 이면이 가슴에 꽂혔다.

"들었어."

무심한 듯 대꾸했다.

"한글 전문은?"

"응, 읽었어."

그에게서 느끼곤 했던 오래된 상처가 다시금 가슴에 닿았다. 훈영이 바다에 온 속내가 시큰하게 전해졌다. 상심하거나 우울해지면 혹은 무료할 때면 바다를, 특히 이곳을 찾곤 했다. 그를 만난 이후 나 역시 그를 따라 여러 차례 왔었다.

12·3 비상계엄이 선포되고 국회 상황이 초긴장 상태로 긴박하게 돌아가는 걸 TV로 지켜보는데, 훈영에게서 전화가 왔었다. 훈영은 떨었고, 분노하고 있었다. 불안감이 엄습했다. 곧바로 30여 킬로미터 떨어진 여수로 갔고, 며칠째 순천과 여수를 오갔다.

"… 근데, 뭐랄까, 인간의 폭력을 이야기하는 데도, 결코 무게가 가볍지 않은 담론을 말하는데도, 강렬한 함의의 언어인데도 난, 냉정해지기보다 울컥울컥 눈물이 솟구치는 거야. … 목소리가 너무 잔잔한 데서 오는 어떤 각성 같은, 뭐 그런 거."

"……."

대답하지 않았다. 못 했다. 그의 아린 속내가 사뭇 강렬했다. 며칠 동안 훈영의 불안한 심경을 도닥이며 감쌌다. TV에서 눈을 떼지 못했지만, 한편으론 염려할 만큼 혼란한 상태로 진전되지는 않았다. 동요를 가라앉히려는 훈영의 모습을 감지할 수 있었다.

한강의 수상 소감을 굳이 화두로 끄집어낸 속내 역시 그렇게 여겼다.

"회한이랄까…."

'회한'이란 단어가 입안에서 씹혔다. 그의 마음속 파문이 자닝히 내게로 왔다. 그의 삶의 내력을, 특히 학과 동기들 가운데 가장 돋보이는 문·청이었던 시절을, 그의 귀밑에 감춰진 흉터를 정확히 알 듯 또렷이 기억하는 나였다.

"그랬겠네, 그랬겠어."

그의 어깨에 고개를 기댔다. 훈영의 얼굴을 손바닥으로 쓸어 주었다.

"여덟 살의 나이에 썼다는 사 행짜리 시를 읽다가 울고, 여덟 살 아이가 사용한 단어 몇 개가 지금의 나와 연결되어 있다는 의미망에 걸려 그만 먹먹해지더라고…. 또 눈물이 나는데….”

훈영이 길게 숨을 들이켰다.

"그래, 그래. 그랬겠다.”

훈영의 숨결이 조금 거칠어졌다. 12·3 계엄 상태로, 5·18의 참혹한 영상 속으로 빠져드는 듯했다. 그의 얼굴을 내 쪽으로 돌려 그의 입술에 내 입술을 포갰다. 그가 움직이지 않았다. 훈영이 내게서 벗어나며 다시 심경을 토로했다.

"《희랍어 시간》을 읽을 때가 마지막 학기였어. 박사 논문을 거의 마무리해야 했는데, 끝이 보이지 않기도 해서 든 책이었지. 한강이 수상 기념 강연에서, 그 소설에 대해 '인간의 가장 연한 부분을 들여다보는 것 – 그 부인할 수 없는 온기를 어루만지는 것 – 그것으로 우리는 마침내 살아갈 수 있는 것 아닐까, 이 덧없고 폭력적인 세계 가운데에서?'라는 대목에 또 붙들렸어.”

어둠이 점점 두껍게 쌓여 갔다. 바다는 꽤 사나웠다. 모래사장 끝 지점에 펼쳐 있는 바위에 끊임없이 파도가 부딪쳤고, 파편이 치솟았다. 어두워진 바다로 시선을 건넸다. 저 멀리 바다 가운데에서 불빛이 아른거렸다.

학과 동기인 훈영이 소설 쓰기를 포기하고 뒤늦게 석사 논문을 쓰던 30대 중반의 시기를 나 또한 전해 들은 적이 있다. 그는 최인훈 소설로 연구 텍스트를 정하려고 했다. 하지만, 최인훈 소설은 읽어 내는 데에도 어려웠다고 한다. 하여, 이문구의 농촌 소설을 학위 논문으로 쓰고자 했으나, 지도교수의 심한 반대에 부딪혔단다. 자신의 태생지가 농촌이고 또한 어려서부터 농사일에 뼈마디 욱신거릴 만큼 거들던 적도 있는 농촌을 배경으로 한 소설이기에 그동안 통독해 왔고, 근접해 있는 인식의 범위 안에 있기에 고집해 밀고 나갔다고 했다. 석사 논문은 초고부터 지도교수로부터 번번이 내침을 당하곤 했단다. 자신이 생각해도 이상하리만치 차분하게 대처했다고 한다. 소설 쓰기를 포기한 마당에 대학 문턱에 자리 하나 얻으려는 애달픈 심중으로 참아냈다고 했다.

그는 여수의 모 대학에서 교양과목 강의를 어렵게 지탱하고 있다.

"우와, 암기력은 여전하네. 놀랍다, 놀라워."

화제를 돌리고 싶었다.

"살아남기 위한 방편이었어."

그를 바라봤다. 문·청 시절, 그는 학과 동기 중에서 대단한 독서력을 지녔었다. 또한 시 50편 정도를 그냥 줄줄 읊어 대곤 했다. 그는 처음엔 시를 썼었다. 소설 쓰기에 매달린 후로 심한 집착 속에 신춘문예 속앓이를 하곤 했었다. 하지만, 그의 등단 소식을 듣지 못했다. 대학 졸업 이후 그의 소설을 어떤 매체에서도 읽을 수 없었다.

"박사 논문 통과했던 뒤였을 거야. 동기들 몇몇 모여서 밤새웠던 거, 기억해."

그의 경직을 누그러뜨리려 옛일을 끄집어냈다. 졸업 후 그를 처음으로 만났던 기회여서 나 또한 새롭게 상기했다. 훈영이 여수의 어느 고등학교에 재직하던 40대 초반 무렵이었다.

"소설을 붙잡고 늘어지지 못한 그때를 되돌아…."

입을 막듯 그를 끌어안았다.

훈영이 방황하는 모습 혹은 편집증적 태도에까지 끌렸고 집적거리기도 했었다. 하지만 훈영은 대학 내 어느 여자애에게도 시선을 두지 않았다. 그걸 꼴불견으로 느끼기까지 했다. 대학을 졸업한 후에도 풍문처럼 들리는 그의 행적에, 그의 소식을 목말라했다.

그리고, 이렇듯 훈영을 만났다. 훈영이 사는 인근의 도시로 전근 오면서 어떤 작위적 기회를 꾸미고 그를 유혹한 건 나였다. 차마 부끄러워 입 밖에 내기 싫은 접근이었다. 한편으론, 훈영 역시 추근대는 나를 싫어하지 않는 기색으로 끌려왔다.

훈영이 내게서 몸을 뺀 채 바다 쪽으로 시선을 돌렸다.

"오래전에 한강은 인간에 대한 근원적인 신뢰를 잃었다는 거야. 그런데 '어떻게 세계를 껴안을 수 있겠는가?'라고 질문해. 그 불가능한 수수께끼를 대면하지 않으면 앞으로 갈 수 없다는 것을, 오직 글쓰기로만 그 의문을 꿰뚫고 나아갈 수 있다는 것을 깨닫게 된 순간에 《소년이 온다》를 쓰게 되었다고 말해."

집요한 편집증적 태도였다. 훈영이 얼굴을 감쌌다. 그의 어깨가 가늘게 떨렸다.

"그래, 그래. 소설을 내려놓은 좌절의 순간을 만난 지점이었겠네."

그의 통증을, 오래된 그러나 또 다른 동류의 상흔을 만지작거리는 그의 아픔이 가슴을 저미게 했다. 그의 상처를 도려내 주고 싶었다. 그를 더욱 깊게 껴안았다.

훈영은 단 한 편의 소설을 발표하고 끝내 소설 쓰기를 접고 말았다. 대학신문 공모에 당선된 소설이었다. 4학년 마지막 학기였고, 5·18 관련 소설이었다. 그 후 그는 졸업과 동시에 교사 발령을 받았고, 교사로 재직 중 늦은 나이에 군에 입대했다. 나 역시 발령을 받고 시골 중학교에서 아이들 가르치다가, 이른 나이에 저지르고 만 결혼에 실패한 후 홀로 살고 있었다. 그는 여전히 혼자였다. 지나간 삶에 대해 서로 화제로 꺼내지 않았다. 대학 시절, 그 풋풋했던 추억들을 들추면서 여기까지 왔다. 3년째였다.

"한계라고 느꼈어. 써지지 않는 거야. 공모전 입상 이후에 머리로도 그려지지 않았지만, 손끝마저도 굳어졌거든. 무엇에 쫓기고 있는지 알면서도 헤어 나올 수 없었어. 5·18은 그런 속박으로, 엄혹한 난망의 가치로 체화되어 있어, 여전히. … 총 들고 국회에 난입하는 군인들을 보는데… 40년도 넘은 지금에 와서 또…."

12·3 비상계엄이 준 충격이 참혹했으리라. 그에게 다시금 다가온 5·18이었을 테다. 그가 숨을 길게 들이켜더니 움찔 떨었다. 소설을 포기했던 회한까지 겹쳐 그를

몰아쳤다. 경직된 그의 몸에서 깊은 신음이 터졌다. 퍼뜩, 그가 부르는 노래를, 대학 때부터 그가 즐겨 부르는 노래를 불러 주어야 한다는 애달프고 무거운 강박감이 솟구쳤다. 검은 수평선 위로 배가 점점이 떠 있고, 불빛은 아른거렸다.

> 어두운 밤바다에 바람이 불면
> 저 멀리 한 바다에 불빛 가물거린다.
> 아무도 없어라, 텅 빈 이 바닷가
> 물결은 사납게 출렁거리는데
> 바람아 쳐라, 물결아 일어라
> 내 작은 조각배 띄워 볼란다
>
> 그 누가 탄 배일까, 외로운 저 배
> 그 누굴 기다리는 여윈 손길인가
> 아무도 없어라, 텅 빈 이 바닷가
> 불빛은 아련히 가물거리는데
> 바람아 쳐라, 물결아 일어라
> 내 작은 조각배 띄워 볼란다

'바다'를 품다

바람아 쳐라, 물결아 일어라
내 작은 조각배 띄워 볼란다

 훈영의 거친 호흡이 조금씩 잦아들었다. 몸과 마음이 풀리는 신호였다. 김민기는 그가 좋아하는 가수였고, 김민기의 '바다'는 즐겨 부르는 노래였다. 바다에 왔고, '바다'를 품었다. 훈영이 따라 불렀다.
 탐닉하듯 입술을 겹쳤다. 격렬했다. 그의 상처를 온몸으로 끌어안았다. 바람이 몰아쳤고, 물결이 거세게 일었다. 더욱, 오랫동안 밀착했다. 떨어지고 싶지 않았다. 불빛은 아련했지만 흔들리지 않았다. 훈영의 가슴이 포근했다. 12·3으로 덜미 잡힌, 5·18로 새겨진 파문으로부터 잠시라도 벗어난 듯했다.

밤길, 눈길

"가자. 해 곧 뜬다."

형이 재촉했다. 발길이 떨어지지 않았다.

"마을 사람들 일어난다고."

민균 형이 미적거리는 어깨를 잡아당겼다. 안방과 작은방 사이 광에서 한참을 머물렀다. 아버지는 광에 숨겨 둔 됫병에서 소주를 밥그릇에 따라 안주도 없이 한입에 들이켜곤 했다. 하루에도 예닐곱 번을 어머니 모르게 마셨다. 어머니가 아버지의 손이 닿지 않을 구석구석, 여기저기에 됫병을 숨겨 놓아도 아버지는 끝내 찾아내 또 마셨다. 화병이었다. 아버지는 결국 간경화로 돌아가셨다.

안방에서, 작은방에서도, 마당에서, 헛간에서도, 샘가에서, 부엌에서까지 아버지가 한숨을 토해 내는 모습이 영상으로 떠올랐다. 쇠죽을 끓이는 사랑채에서도, 두엄을 두었던 마당 모서리에서도 아버지의 흔적이 엿보였다.

솟을대문을 나섰다. 모양새를 그나마 유지하고 있는, 풍요로웠던 시기의 집안 위세를 드러내는 대문이기도 했다. 자물쇠를 채우며 정작 형이 멈칫했다. 삐걱 소리가 나는 순간, 형이 입을 틀어막고 울음을 터뜨렸다.

"아버지."

형이 빗장을 부여잡고 나지막한 소리로 신음하듯 아버지를 불렀다.

'일나그라. 약해빠지믄, 내 설움이 더 크다이.'

아버지의 절절한 속내가 들리는 듯했다.

'어여, 가그라. 뒤도 돌아보지 말고, 어여.'

형이 머뭇거리자, 낮았지만 엄한 목소리로 꾸짖었다.

"미안하다. 내가 이러면 안 되는데."

형의 속울음이 나지막하지만 자닝히 내게 전해졌다.

"아버지가 우릴 나무라겠다. 가자, 형."

당숙모 집쯤에서 달도 뜨지 않은 검은 하늘에 대고 개가 짖어 댔다.

형이 앞장섰다. 소복이 쌓인 눈길을 밟는 형이 느릿느

릿 걸었다. 올 때도 밤길, 눈길이었고, 갈 때도 밤길, 눈길이다. 밤중에 낮은 경사로를 밟고 내려가는 눈길 못지않게, 경사진 눈길을 올라가는 밤길이 꽤나 사나웠다. 균형 잡기가 제법 힘들었다. 발길에 눈길이 뿌드득뿌드득 짓밟혔다. 눈발은 날리지 않았으나, 눈길을 걷는 나도 형 따라 걸음걸이가 느적거렸다.

국도에서 2킬로미터 남짓 걸어야 이르는 곳에 푹 주저앉은 듯 고향 마을이 들어서 있었다. 구불구불 나 있던 샛길이 그나마 포장되어 길바닥이 거칠지는 않았지만 밤길이고, 눈길이어서 겨우 한길에 이르렀다. 눈발은 그쳤고, 바람 또한 억세지 않았다. 한길로 나설 즈음에도 어둠을 거둬 낼 기미가 아직은 동녘에 없다. 고향길 언덕에서 바라보는 마지막 고향집에도 눈이 수북이 쌓였다. 눈가를 쓰윽 훔치며 돌아섰다.

마을 표지석 옆 한쪽에 세워 둔 차에도 눈이 소복했다. 보닛을 덮고 있는 눈을 쓸다가 저 멀리, 분지처럼 둘러쳐진 낮은 산 아래 들앉은 고향집을, 고향 마을을 형이 멈칫, 다시 뒤돌아봤다. 호흡을 길게 들이쉬었다. 내뱉는 형의 숨길이 고르지 않았다.

고향 떠난 지 40년이 흘렀다. 그동안 아버지 돌아가셨고, 어머니도 아버지가 이승을 뜨신 지 12년 지나 세상을 등지셨다. 그 이후부터 지금까지 고향집은 누구도 돌보지 않은 채 마을 어귀에 덩그러니, 우중충하게 흉가처럼 겨우 모양새를 지탱하고 있었다. 아버지 돌아가신 뒤부터는 명절을 맞아 어머니가 역귀성해 자식네들로 오셨기에 고향을 찾지 않은 세월이 길고 길었으니, 고향집이 저렇듯 풍채를 유지하고 있는 것만도 다행이었다.

재작년, 고향집을 다시 찾았을 때의 모습이 생생했다. 돌담 한 귀퉁이는 내려앉았고, 기와는 여기저기 떨어져 나간 틈으로 풀이 돋아났으며, 서까래마저 드러난 채 기둥만은 여전히 육중했다. 서러움과 울분으로 가득한 고향집이었다.

아버지가 빚보증으로 거덜내는 바람에 그 많던 전답 다 날리고 겨우 집 한 채만 남았다. 고향집도 빼앗길 처지였으나, 거처만이라도 남겨 놓아야 했기에 아버지가 애걸하여 건졌다고 했다. 아버지, 어머니 묘를 민균 형이 사는 도시 인근의 시민공원 묘지로 옮긴 뒤로는 고향 찾을 명분마저 궁색해지고 말았다. 고향집을 팔기로 했고 매매가 이뤄져 오늘이 형과 내가 찾은 마지막 귀성길이기도 했다.

딴은, 마을 사람들 전답까지 빚보증으로 끌어들여 위기로 내몰리게 하였으니, 마을에서 받은 냉대가 가당찮다고 할 수 없는 경우였다. 마을 피붙이들 빚보증 몫은 아버지가 어찌어찌 풀고 넘어갔기에 그나마 다행이긴 했다. 어쨌거나 마을 사람들로부터 외딴섬처럼 교류를 차단당하기까진 않았지만, 마실 걸음을 꺼리는 건 역력했다. 자식들 떠나고 아버지마저 세상을 뜬 뒤로 어머니 혼자서 고향집을 지키셨다. 이래저래 겪어야 했을 수모 또한 만만치 않았을 테지만 어머니는 내색하지 않았다. 자식들인들 그 기막힌 사연을 어찌 모르겠는가?

재작년, 아버지와 어머니 합동 기제사를 마치고 음복하면서 형이 불쑥 제안한 고향길에 가타부타 덧붙이지 않고 따라나섰던 기억을 상기했다. 형과 나는 밤중에 도착했고, 몰고 간 차를 국도변 한편에 세워 놓고 어둠을 앞뒤로 이끌고 고향집에 닿았었다. 그리고 올 초, 형과 합의하여 고향집을 내놨고 겨울 막 들 무렵에 팔리고 말았다. 깊은 흉터로 남은 만큼 서럽고 쓸쓸할 줄 알았으나, 그렇지 않았다. 형도 담담했다. 그동안 사진첩이며 손때 전 어머니 유품 몇 가지를 가져가며 울음을 삼켰으니, 눈물도 남아 있지 않았다.

이태를 그렇듯, 늦은 밤에 와서 깊은 밤중에 고향집을 나서야 하는 감정의 인과를 형과 나는 드러내지 않았다. 아버지의 행적이 아직도 가슴에 묵직하게 남아 있는 까닭이었다. 밤중인들 갑자기 빈집에 전등이 켜지고, 부스럭거리는 소리가 났을 테지만 집성촌의 일가붙이 누구도 찾아오지 않았다. 형과 나 역시 사촌에 오촌, 누구라도 찾아뵙거나 적요했던 그동안의 심사 나눌 요량마저 애당초 거뒀다. 아버지의 빚보증 이력이 마을을 통째로 수모 속에 처박히게 했으니, 자식들에게 그 원죄가 남아 있는 터이다.

잠자리에 들어 눈을 붙이고도 밤중 내내 뒤척였다. 형도 그랬다. 집 뒤의 대숲에서 바람 타는 소리가 들썩였다. 눈의 무게를 감당하지 못하고 털어내고 다시 눈을 받아 안는 대나무 이파리 맞부딪는 소리였다. 재작년 겨울밤도 그랬고, 작년에 이어 올해, 고향 집에서의 마지막 겨울밤도 그러했다. 고향집에 드는 밤길이었고, 눈길이었으며 오늘도 고향집을 나서는 밤길이고, 눈길이었다.

"갑니다. 어머니, 아버지."

보닛에 쌓인 눈을 쓸어내리고 차창에 낀 성에까지 걷어낸 뒤 형이 고향집을 향해 잠시 묵념하듯 고개를 숙였다.

형이 차를 몰았다. 그저 말없이 갔다. 고속도로에 진입하고, 마지막으로 본 고향집이 떠올랐지만, 고개를 저었다. 동이 트지 않은 눈 쌓인 이른 새벽, 형은 아무런 동요도 없이 차를 정속도보다 훨씬 감속하여 운전했다. 고속도로 갓길엔 눈이 쌓여 있었다. 다행히 찻길엔 눈이 녹고 있었다. 형이 라디오를 켰다. 음악이 흐르고 있었다. FM 방송이다. 세미 클래식에다, 영화 주제곡과 가요 중에서도 포크 계열 음악을 주로 틀어 주는 프로그램이었다.

"온 세상이 하얗습니다. 오랜만에 찾은 고향집 마당에도 눈이 소복이 쌓였고, 지금도 성근 눈발이 날리고 있습니다. 제 고향은 눈이 많은 곳이랍니다. 고향집에 와, 밤사이 눈 쌓인 마당을 마루에 서서 보면서 추억에 젖기도 합니다. 성근 눈발이 날리는 마을 앞 들판을 보면서 떠오른 노랩니다. 최인호 소설가가 열아홉 살 때 작사했고, 송창식 또한 젊은 날에 곡을 붙인 노래, '밤눈' 듣고 싶습니다.
신청자의 사연을 읽는 아나운서의 목소리가 잔잔했다.

  한밤중에 눈이 내리네
  소리도 없이
  가만히 눈 감고 귀 기울이면
  까마득히 먼 데서 눈 맞는 소리
  흰 벌판 언덕에 눈 쌓이는 소리
  당신은 못 듣는가 저 흐느낌 소리
  흰 벌판 언덕에 내 우는 소리
  잠 안 들면 나는 거기엘 가네
  눈송이 어지러운 거기엘 가네

형이 아는 노래인지 나지막이 따라 불렀다. 형이 신청한 곡인 거야? 묻듯 힐끗 형을 건네보았다. 형은 아무런 내색 하지 않고 흥얼거렸다.

  눈발을 흩이고 옛 얘길 꺼내
  아직 얼지 않았거든 들고 오리다
  아니면 다시는 오지도 않지

한밤중에 눈이 나리네
소리도 없이
눈 내리는 밤이 이어질수록
한 발짝 두 발짝 멀리도 왔네
한 발짝 두 발짝 멀리도 왔네

노래가 끝나고 아나운서 멘트가 이어졌다.
"D 시에 사는, 3☆★9번 쓰시는 분 신청곡, 송창식의 '밤눈'이었습니다."

방금 떠나온 내 고향 역시 눈이 많은 곳이다. D 시에 사는 사람의 신청곡이라 하니, 형이 신청한 곡은 아닌 듯했다. 나는 모르는 노래였다.

열아홉 살의 최인호가 썼다는 가사 한 마디, 한 소절이 가슴에 박혔다. 송창식의 애잔한 선율이, 절절한 감성이 먹먹하게 가슴을 여미게 했다. 시선을 창밖으로 돌렸다. 차창으로 눈 덮인 또 다른 이의 고향, 그네들의 시골집이 흐르고, 흘렀다. 눈 쌓인 내 고향집 마당이 차창에 아른아른 떠올랐다. 눈물 한 줄기, 또르르 흘러내렸다.

설핏, 꽃처럼 피어났다

"여기까지야, 더는 안 돼."

"채소 심을 데가 저~기, 여기 아직도 넓네, 뭐. 콩나물 콩 심어 놓은 듯 이렇게 촘촘해서 영 답답해 보이지 않아, 당신 눈에는?"

넓잖아, 라며 한 마디 툭 던지고 말 평소의 짧은 어투답지 않게 반응 또한 만만찮다.

마을에서부터 2킬로미터쯤 올라가는 산중턱에 돌집을 덜렁 지어 푸성귀 심고 가꾸며 오간 지도 6년여가 되었다. 토굴 같던 산막에 아내까지 하던 일을 그만두고 들락거리자, 사람 사는 기운이 더욱 돋았다. 아내의 공간으로 쓰이는 작업실이 들어서고 규모도 제법 커졌다. 아내와 함께 밭을 일구는 한편 이러쿵저러쿵, 아옹다옹하면서도 꽃을 심고 가꿔 꽃밭도 넓어졌다.

"둥굴레 심어진 데까지만 꽃밭 만들기로 했잖아."

약속을 상기시키며 나 역시 오금을 박는다.

푸성귀 심은 텃밭이 꽃밭으로 야금야금 바뀌어 가는 게 더는 안 될 성싶어 저기는 내 텃밭, 여기까지가 당신 꽃밭이라며 선을 긋듯 경계를 뒀다. 그러마, 고 아내도 고개를 끄덕인 터였다. 함에도, 작년에는 아내 고집을 꺾지 못해 마늘 심으려 다져 놓은 텃밭 일부가 천일화 꽃밭으로 둔갑하기도 했다. 전전해 심었던 천일화가 다닥다닥 피어 꽃밭이 좁아 보이긴 했다. 돌이 많은 거친 산밭이기에 자못 큰 돌이 박혀 있는 땅속을 호미로 파서 옮겨 심기 어려워 몇 곳은 곡괭이로 돌을 파내 주기까지 했다. 겨우내 자란 양파를 유월에 거둔 뒤 닥풀꽃 씨를 얻어다 심어 닥풀꽃 밭으로 일군 게 또한 재작년이다.

"약속은 무슨 약속. 상황이 약속인 게지."

가는 방망이보다 오는 홍두깨가 더 드셌다.

처음엔 주위가 온통 나무고 들꽃인데 굳이 화초까지 심을 건 없지 않남? 하고 좀 꺼리는 내색을 드러내기도 했다. 아내는 그래도 가까이서 보는 봄, 여름, 가을(에 피는)

꽃이 있으면 한결 좋지 않겠냐며 꽃나무 등 화초를 곳곳에 심었다.

"억지 고만 부리셔."

오늘은 임도林道로 나 있는 산길 오가며 봐뒀던 큰까치수염을 몇 무더기 캐와서 심겠다고 아욱 심어진 밭 한쪽을 내놓으라며 생청을 부렸다. 하얀 꽃이 피어 있던 큰까치수염을 처음 보고 감탄하긴 했다. 곧바로, 꽃이 지면 몇 뿌리 캐다 심겠다고 속내를 감추지 않았다. 꽃 진 뒤 잎만 보고는 모를 수 있다면서 대나무 가지를 꺾어다 표시까지 해뒀던 게다.

"꽃이건 뭐건, 거기에 그대로 있어야 더 아름다운 거야."
라며 말렸다.

"나도 알간."

고개를 끄덕이면서도 아내는 원추리며 산나리 등을 몇 뿌리 캐와서 꽃밭에 옮겨 심었다. 잘 자라고 있긴 하다. 아내는 마음에 드는 꽃이면 기어코 심을 더 넓은 꽃밭 만들겠다는 심중을 내려놓지 않았다.

"이쪽저쪽을 봐도 여기가 딱이야."

"근데, 당신 감당하겠어? 이렇게 넓어지면 손이 많이

갈 텐데."

기실, 아내의 꽃밭은 산속 집에만 있는 게 아니었다. 기거하는 아파트 베란다에도 아내가 기르는 화초들이 많다. 작은 화분에 앙증맞게 자란 다육이는 이런 모양, 저런 색깔이 참으로 예쁘다. 다육이 외, 종류도 다양하다. 댄드롱, 홍콩야자, 스타트필름, 알로카시아, 꽃기린, 고무나무, 군자란, 해피트리, 포인세티아, 제라늄, 호야, 화분에 심어진 남천 등 각양각색의 화초가 뽐내고 있다. 아파트 베란다에 있는 화초는 화분에서 기르니 산밭에서보다 키우기가 수월하지 않남? 하고 묻자, 아내는 아니거든, 하며 고개를 흔들기도 했다. 돌담 밑과 여기저기 틈새에 심은 남천과 영산홍은 아내의 요청으로 세 차례나 이리저리 옮겨 심는 바람에 나무가 몸살을 앓는 모양새였다.

"그러니 도와줘야지."

"못 말려. 무슨 내림 같아, 이건."

아내의 화초 가꾸기는 친정어머니로부터 물려받은 듯하다. 아내의 친정엔 늘 화초가 잘 가꿔져 있었다. 제 색깔을 한껏 드러낸 잎, 튼실한 줄기와 꽃이 참으로 곱게 피어 있곤 해서 보기에 좋았다. 장모님이 아파트로 이사를 하고도 베란다엔 여전히 꽃을 심은 화분이 많다. 아내는 친정에서 화초를 가져와 우리 집 베란다에 옮겨 놓기도 했다.

아무려나, 가꾸고자 하는 화초들이 적지 않은 참에 산밭을 보고 욕심이 생겼을 테다. 오일장의 길거리 화원에서 사다 심은 불두화가 탐스럽고 미스김라일락 꽃 향이 그윽했다. 앙증맞은 우산을 받쳐든 듯한 하얀 부추꽃이 너무 예쁘다며 아예 부추밭을 일궈 놓아, 채소밭인지 꽃밭인지 구분마저 모호해지기까지 했다. 방아잎 보라색 꽃은 어떻게 저런 황홀한 색이 나올까 싶어 놀랍기도 했다. 구절초가 여기저기 피어 있고 색색의 국화가 무더기무더기 앞다퉈 피워 어쨌거나, 눈 호강하고 있다.

"생각해 뒀던 건데 말야, 산중 겨울 날씨가 이만저만 추운 게 아니잖아. 추위에 적응한 뒤에 꽃밭에다 옮기려 화분에 그대로 놔둔 저 팔손이며 염좌가 겨울을 날 수 있도록 비닐하우스를 조그맣게라도 지어서 넣어 두면 어떻겠어? 다육이도 그렇고."

입가에 살짝 띄운 얇은 웃음을 짓궂게 머금은 채 구구절절 읊으며 아내가 간절한 눈빛을 건넨다. 산속 집에 관한 한 남편의 집권 영역임을 그나마 인정하지 않았으면 결코 이렇듯 부드럽게 드러내지 않았을 속내다.

퍼뜩, 말라 버린 채송화가 눈에 들어왔다. 채송화는 산속 겨울 추위를 이기지 못해 겨우 몇 송이 꽃을 피우다 가느다란 줄기만 남긴 채 이내 시들해졌고 거의 자취를 감추고 있다. 치자꽃 향기 흐드러지던 치자나무도 지난겨울 추위를 못 이겨 내고 죽고 말았다.

재작년 여름에는 새끼손가락만 한 우박이 쏟아져 연잎과 옥잠화, 불두화, 둥굴레 등 잎이 크고 길쭉한 화초들에 구멍이 숭숭 뚫렸고, 가을도 되기 전에 이파리가 누렇게 말라 보기에 딱하기도 했다. 상추와 아욱, 방풍나물, 쑥갓, 가지와 오이 등 푸성귀들도 우박에 잎과 열매가 멍들어 안타까움을 자아냈다. 자연의 재앙에 망연자실할 뿐 속수무책이었다.

이쯤에선 결국 어쩌는 도리 없이 아내의 의중에 스며들고 만다.

"저 아래 채소밭 밑둥치 쪽으로 시야를 가리지 않는 곳에 비닐하우스를 세우고는 싶은데…."

"오우, 이제야 내 마음을 받들어 주느만."

텃밭은 좁아지고 꽃밭이 서서히 넓어지는 게 그리 곱지만은 않아 티격태격 다투기도 하지만 끝은 이렇듯 지고 만다. 아내는 여전히 꽃밭을 더 넓힐 궁리를 하고 있다. 여태껏 피어 있는 천일화엔 나비들이 날아들고, 곧 겨울잠에 들 벌들이 방아잎 꽃에서 화분을 얻어 가는 모습을 보며 흐뭇해한다.

가을로 접어들 무렵, 가느다란 물줄기가 흐르는 수로에선 제 발로 찾아든 물봉선과 고마리가 꽃을 피워 보기에 좋았으니, 아내의 감탄에 나 또한 들뜨지 않을 수 없으렷다. 내년에는 더 넓어진 꽃밭에서 더 많은 봄꽃, 여름꽃, 가을꽃이 피어나리라.

"무슨 그런…. 겨울 오기 전에 열 평 미만으로 짓자고."

"고맙소이다, 낭군님! 차 마실까?"

특히 맛이 그만인 서리 내리기 전 아욱 잎을 따서 식탁에 올려놓은 뒤 아내와 처마 밑 의자에 앉아 보이차를 마신다. 뭉게구름이 시나브로 흐른다. 꽃밭도 이제 서서히 깊은 가을로 접어들고 있다. 꽃밭을 건네보다 늦더위에 피었다 진, 고개를 꺾은 채 드라이플라워처럼 깡마른

장미꽃을 흘깃 본다. 아내가 여름에 색깔별로 꽃을 피우던 장미 세 송이를 꽂아 창가에 뒀던 꽃병이 퍼뜩 떠올랐다. 이내 생각난 노래를 흥얼거린다.

> 생각나나요 아주 오래전 그대 내게 줬던 꽃병
> 흐드러지게 핀 검붉은 장미를 가득 꽂은 꽃병
> 우리 맘이 꽃으로 피어난다면 바로 너겠구나
> 온종일 턱을 괴고 바라보게 한 그대 닮은 꽃병
> 시절은 흘러가고 꽃은 시들어지고
> 나와 그대가 함께였다는 게 아스라이 흐려져도
> 어느 모퉁이라도 어느 꽃을 보아도
> 나의 맘은 깊게 아려 오네요 그대가 준 꽃병
>
> 우리 맘이 꽃으로 피어난다면 바로 너겠구나
> 온종일 턱을 괴고 바라보게 한 그대 닮은 꽃병
> 시절은 흘러가고 꽃은 시들어지고
> 나와 그대가 함께였다는 게 아스라이 흐려져도
> 어느 모퉁이라도 어느 꽃을 보아도
> 나의 맘은 깊게 아려 오네요 그대가 준 꽃병
> 생각나나요 아주 오래전 그대

양희은의 '꽃병'이다. 2절의 "어느 모퉁이라도 어느 꽃을 보아도/나의 맘은 깊게 아려 오네요 그대가 준 꽃병"에 이르러 나지막이 함께 부른다. 아내의 얼굴을 슬며시 건네본다. 초로에 접어든 얼굴에서 '아주 오래전(부터) 그대'였던 아내의 곱디곱던 젊은 날이 설핏, 꽃처럼 피어났다… 후훗!